書下ろし

闇奉行 凶賊始末

喜安幸夫

祥伝社文庫

目次

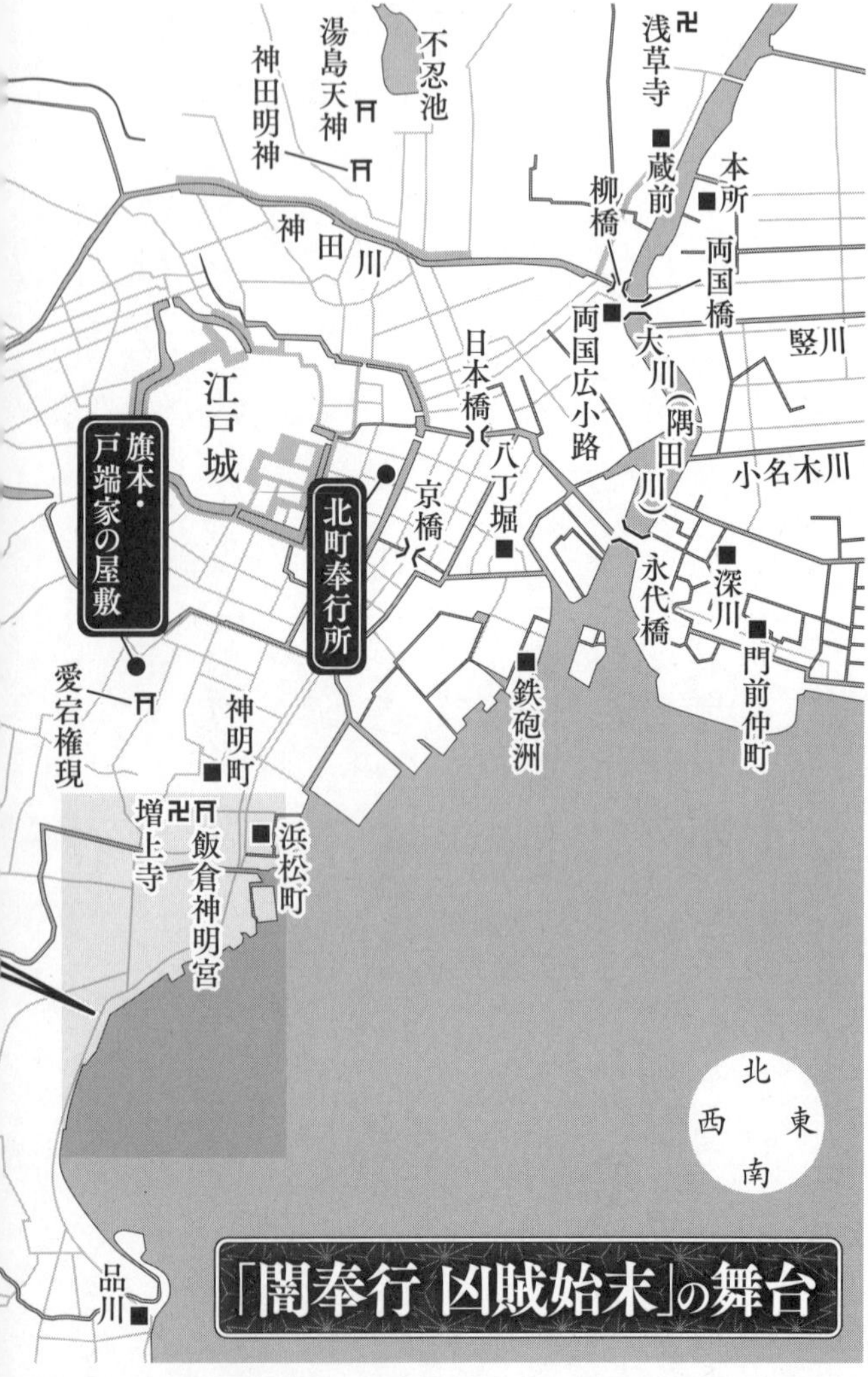

「闇奉行 凶賊始末」の舞台
浅草寺
不忍池
湯島天神
神田明神
神田川
蔵前
本所
柳橋
両国橋
両国広小路
竪川
大川（隅田川）
日本橋
江戸城
旗本・戸端家の屋敷
北町奉行所
八丁堀
京橋
小名木川
深川
永代橋
門前仲町
鉄砲洲
愛宕権現
神明町
増上寺
飯倉神明宮
浜松町
品川
北
西
東
南

醤油問屋「野田屋」
小料理屋「浜久」
飯倉神明宮
金杉町
金杉橋
桜長屋（関兵衛店）
増上寺
神谷町
古川
赤羽橋
田町
元札ノ辻人宿「相州屋」
三田寺町
幽霊坂
赤穂ノ湯
魚籃坂
高輪大木戸
泉岳寺

一　関所破りの男

一

聞こえる。

その男から感じる、ただ者とは思えぬ雰囲気《ふんいき》も合わせ、気になる内容だ。

といっても、殺しや押込みの謀議《ぼうぎ》をしているのではない。

周囲のざわついているなか、二人は顔を見合わせ、さらに耳の神経を粗末《そまつ》な衝《つい》立《たて》の向こうに集中した。

羅宇屋《らうや》の仁左《じんざ》と竹馬《たけうま》の古着売りの伊佐治《いさじ》である。

だが、いまは商《あきな》いの姿ではない。二人ともここ数日、おもての商いを離れ、江戸も離れて東海道《とうかいどう》は三島《みしま》の宿《しゅく》に来ている。

そこで目にとまった男が、仁左の嗅覚《きゅうかく》に触れたのだ。
それは、まったくの偶然だった。

旅にはちょうどいい季節の文政《ぶんせい》二年（一八一九）の秋である。
人宿《ひとやど》・相州屋《そうしゅうや》の忠吾郎《ちゅうごろう》が、かつて一家を張っていた小田原《おだわら》で世話になった知り人に祝いごとがあり、祝儀を届けるために仁左と伊佐治が代理で出向いたのだ。

伊佐治には小田原は古巣というより、ほんの半年ばかり前まで、十数年もとぐろを巻いていた土地である。だから忠吾郎は最初、伊佐治だけを遣《や》るつもりだったが、

「——十年前《めえ》とはいえ、旦那《だんな》が一家を張っていなすった小田原、俺も一度行ってみてえ」

などと仁左が言い出したのだ。

忠吾郎は、おもて看板は人宿のあるじだが、持ち前の侠気《おとこぎ》と北町奉行の弟だという奇《く》しき因縁《いんねん》から、許せぬ悪に鉄槌《てっつい》を下すお江戸の影走りに踏込んでしまっている。そんな忠吾郎にとって、いずれが右腕とも左腕ともつかぬ二人が、江戸

をそろって留守にするのは、いささか不安でもある。だが、仁左の働きには目を瞠《みは》るものがあり、この機に自分の来《こ》し方《かた》の一端を見せておくのも一興《いっきょう》かと、

「――秋空に江戸を離れるのも、いい気晴らしになろうよ。存分に羽根を伸ばして来ねえ」

と、達磨《だるま》を連想させる顔をほころばせ、送り出したのだ。

江戸から小田原なら、男の脚で二日の旅程である。二、三日、小田原に滞在しても六日か七日で帰って来られる。

「――悪党だって、そう頻繁《ひんぱん》に出るもんじゃねえし」

と、忠吾郎は愛用している鉄製の長煙管《ながぎせる》で煙草《たばこ》をふかしながら言ったものである。

美形の娘ばかりを狙《ねら》った拐《かどわ》かしの件で業平橋《なりひらばし》の智泉院《ちせんいん》分院に打込み、女たちを救い出してから、まだそれほどの日数も経《へ》ていない。

二人が札《ふだ》ノ辻《つじ》の街道に面した相州屋を発《た》つ朝、見送りに出てきた向かいの茶店のお沙世《さよ》は、

「――わあ、やくざが旅に出るみたい。わたしも行きたい」

などと言っていた。

二人とも手甲脚絆《てっこうきゃはん》に道中笠《がさ》、縞《しま》の合羽《かっぱ》を肩に腰には脇差《わきざし》を差せば、渡世人にしか見えなかった。お沙世がおもしろがるのも無理はない。それがまた精悍《せいかん》な仁左はむろん、小柄な伊佐治にもよく似合った。

小田原で義理をすませたあと、伊佐治はかつての仲間たちに仁左を江戸での兄弟分として引き合わせ、旧交をあたためた。そのまま小田原に滞在するつもりだったのだが、

「――箱根《はこね》を一度、越えてみてえ」

と、仁左が言いだした。

伊佐治は小田原で忠吾郎の一家にわらじを脱ぐまでは、軽業師《かるわざし》で旅の一座に身を置き、旅には慣れている。だが仁左は、江戸府内なら不思議なほど武家地にも寺社地にも詳しいが、近郊以外に旅らしい旅をしたことがない。小田原に来たついでに、江戸での話の種に天下の険《けん》を経験しておきたかったのだ。ただそれだけだった。

「――箱根越え？　仁左どんのもの好きもここに極《きわ》まれりだぜ」

と、伊佐治はあきれながらも、案内役としてつき合うことになった。

小田原と三島は東海道五十三次のなかでも、指折りの繁華《はんか》な宿場だった。東か

ら来て西へ向かう旅人はまず小田原に泊まり、翌早朝に箱根八里の山越えをし、途中関所を経てその日は三島泊まりとなる。西から来て東へ旅する者は三島で一泊してから箱根八里に向かい、ようやくという思いで小田原泊まりとなる。

それらの旅人で二つの宿場はにぎわい、それにやっと山越えができたことで、山祝《やまいわ》いといって旅籠《はたご》での膳《ぜん》にも、他の宿場に泊まったときよりも酒付きのちょいと豪勢《ごうせい》なものを頼む者が多い。

小田原までなら関所を越えることはない。だが旅に出るからには、道中手形は必要である。旅先で不測の事態に遭遇したときには身許《みもと》の証明になり、他国で病気になったり万一死去した場合でも、道中手形さえあれば郷里への連絡がつく。

二人とも出立《しゅったつ》に際し、田町《たまち》の自身番の振り出した道中手形を用意していた。このことも仁左が、箱根を越えてみようと思い立った一因である。

伊佐治は旅慣れしているせいか健脚で、仁左は筋肉質でなぜか鍛《きた》え方も常人とは異なる。二人は陽《ひ》がかなり高くなってから小田原を発ったが、雄大な景色を堪《たん》能《のう》しながら難なく山越えして関所も無事に通り、まだ陽のあるうちに三島に入った。かりに山中で暗くなり、山賊が出て二人を襲《おそ》っても、襲った山賊こそ不運だったということになるだろう。

明るいうちに旅籠に旅装を解いた二人は、町場の見物に出かけ、路地裏の居酒屋に入った。そこでみょうな組合わせの二人連れを見かけたのだ。

その二人連れは取《と》っ付《つ》きの板敷きに上がり、酒肴《さかな》の膳を挟《はさ》み向かい合わせにあぐらを組んでいる。一人はお店者《たなもの》には見えない町人で、もう一人は紺看板《こんかんばん》に梵天《ぼんてん》帯《おび》の中間《ちゅうげん》姿だった。旅の空とはいえ、得体《えたい》の知れない町人と武家の奉公人の組合わせは不自然だ。

仁左だけでなく伊佐治もその二人連れが目に入って興味を持ったか、すぐとなりに座を取った。双方のあいだは、板を張り合わせただけの衝立で仕切られている。首を伸ばせばおとなりさんの顔が見えるし、声もひそひそ話でもしない限り、なにを話しているかもわかるほどに聞こえる。

二人はそれとなく衝立の向こうに興味を持ちながら、膳をつつき始めた。

そこへ聞こえて来たのだ。

「なあ、頼むぜ。あした一日だけだ」

――パチッ

得体の知れない町人の声とともに、盆の上に将棋《しょうぎ》を指したような硬《かた》い音が混じった。

仁左と伊佐治は顔を見合わせた。音でわかる。一分金《いちぶきん》だ。中間の一年の給金が衣食住つきで二両二分だから、頼み事の袖《そで》の下にしては高額である。つづいて中間がそれをふところに収める気配が感じられた。

「そうかい。左平次《さへいじ》さんと言いなすったねえ。まあ、旦那に頼んでみらあ」

「ありがてえ。お武家の旦那にこう言っちゃあなんだが、旦那にはあした、おめえさんをとおして、三両ばかりお礼をさせてもらおうよ」

三両といえば、腕のいい大工の二月《ふたつき》分の稼ぎに近い額だ。〝おめえさんをとおして〟だから、その中間がまた一両くらいは抜くだろう。〝あした一日だけ〟の仕事で、それだけの金が動く。よからぬことに違いない。仁左と伊佐治はふたたび顔を見合わせた。

(わけのわからねえ男が、武家の奉公人にいってえなにを頼みやがった)

二人の顔はいっそうの興味を示した。

さらに聞こえた。中間の声だ。

「あした明け六ツに本陣《ほんじん》まで来ねえ。担《かつ》ぐ荷物は俺が適当に用意しとかあ」

これでわかった。明け六ツは日の出の時刻だ。仁左と伊佐治はふたたび顔を見合わせ、うなずきを交《か》わした。

（見極めてやろう）

というのだ。

関所抜けである。

中間のあるじは武士である。大名行列はむろんのこと、旅の武士は町場の旅籠ではなく、本陣か脇本陣に泊まる。日の出の明け六ツ、大名行列も町場の旅人も、およそ出立の時分である。そこで待ち合わせ、にわか奉公人になる算段に違いない。

武家の道中手形には、奉公人の名は記されておらず、人数だけが書きこまれている。関所は武家には〝入り鉄砲に出女《でおんな》〟以外は面倒な詮議《せんぎ》などしない。奉公人の人数が一人増えていても、荷が増えたので臨時に荷担ぎを雇ったと言えばそれで通っていた。

他人《ひと》に頼まれてそこに加えれば、奉公人は口利き賃が入り、武士も旅先での収入になる。そのような関所抜けの方途があるのを、伊佐治はやったことがあるのかないのか知っており、仁左も話には聞いていた。

伊佐治は仁左にひたいを近づけ、声を落とした。

「そこの得体の知れねえ野郎、左平次って言ってやがったが、ここだけの偽名じやねえぜ。一日つき合い、話もしようから、偽名じゃついボロが出て怪しまれ、中間から手伝い賃を釣《つ》り上げられらあ。おそらく通り名か本名だぜ」

「ほう。伊佐どんはそんなことには詳しいんだなあ」

と、感心するように仁左は返し、伊佐治は苦笑した。

左平次なる男は、おそらくきょう一日、道中で利用できそうなのを捜《さが》しながら歩を踏んで来たのだろう。それで金のなさそうな武家主従に目をつけ、この三島にわらじを脱いだところで中間に声をかけた……。三島も小田原も、山祝いなどで浮かれている者が目立つ。そのようななかで、中間にすれば、堅苦しい本陣であるじの相手をしているより、町場に出て一杯引っかけたいところだ。そこに左平次はつけ入った。慣れているのかもしれない。

「まあ、そんなところだろうよ」

伊佐治は言う。

そうだとすれば左平次なる者は、道中手形の得られない人間で、かつ箱根を東へ越えなければならない用がある男となる。

仁左は推量し、

「確かめるか」

と、左平次なる男にいっそうの興味を持った。

それからしばらく、左平次と中間は意気投合したように酌《く》み交わし、

「なにぶん本陣なもんで、そろそろ」

と、中間のほうが座を立った。

それにつづいた男の顔をちらと見た。狐目《きつねめ》で眉毛《まゆげ》も細く、唇《くちびる》も薄い不気味な感じのする男だった。歳は仁左や伊佐治とおなじくらいに見えた。仁左はことし三十路《みそじ》で、伊佐治はそれより五年ほど喰っており、ともに働き盛りである。

仁左たちも居酒屋を出たが、左平次のあした早朝の行き先はわかっている。わざわざ尾《つ》ける必要はない。軒提灯《のきちょうちん》の灯りに、二人のうしろ姿だけを見た。中間は足がふらついていたが、それを支える左平次は酔っていない。体軀《たいく》も引き締まっているようだ。中間を支える所作から、左利きのようだ。

(なかなかの男だな)

仁左は看《み》て取った。

あした日の出には、本陣の前に行っておかねばならない。二人は宿に戻った。

床《とこ》に入ってから、

「仁左どん。やっぱりあした、また箱根を返すかい」

「ああ。三島まで足を延《の》ばしたのは山越えが目的だったからなあ。つき合ってもらってありがたいぜ。おかげで、関所抜けの実物まで見られそうだ」

「そのあとどうする」

左平次なる男が関所を抜けたあとのことである。

「あやつしだいさ」

「…………」

伊佐治はさすがに疲れたか、もう鼾《いびき》だけになっていた。

仁左は眠れなかった。

(あやつ、何者か……。目的は……?)

お手並み拝見とともに、仁左の左平次なる男への関心は高まった。

二

夜が明け、まだ薄暗いなかに旅籠を出た。

秋の日の出前は、

「冷えるなあ」

「ふむ」

と、小柄な伊佐治が振分《ふりわけ》荷物を引っかけた肩を震《ふる》わせ、仁左は一言うなずいただけで、さっきから一点を凝視している。

その視線の先は、本陣の正面玄関口である。

昨夜の左平次は、すでに本陣の前に来ていた。荷は少なく、手甲脚絆に着物を尻端折《しりつぱしより》に、いかにもどなたかの下男といったいで立ちである。物陰から、二人はそれを凝《じ》っと見つめている。

「ほう」

と、不意に肌へぬくもりを感じた。

日の出である。

前後するように武士が一人、二人と出て来る。いずれも従者を連れている。大名行列の宿泊がなかったせいか、玄関先に混雑はなく、一人ひとりが見分けやすかった。

「おっ」

伊佐治の肩が動いた。

玄関から、挟箱《はさみばこ》を担いだ中間を一人、お供に随《したが》えた老武士が出て来たのだ。

ほかにお仲間も従者もいないようだ。なるほど、あれなら日切《ひぎ》り雇いの荷物持ちの話を持って行きやすい。

二人の視界のなかで、左平次は老武士主従に近づき一言二言交わし、中間の差し出した風呂敷《ふろしき》包みを背負い、歩き出した。左平次は中間のあとに歩を取っており、きわめて自然な三人一組の老武士主従に見える。

「よし」

「おう」

と、仁左と伊佐治はうなずきを交わし、老武士主従のあとに、かなり離れてつづいた。街道はほかにも旅人が多く、間合いも取っているので、左平次がふり返っても尾行に気づくことはないだろう。それでも目立たぬように、道中笠に脇差の二人は横並びではなく、前後にいくらか間をあけて歩を進めた。本格的な尾行である。

やがて樹間に入り足場の悪い上り坂になる。老武士の一行はときおり小休止を取る。仁左たちは離れたところでそれに合わせた。

きのう下ったばかりの岩場や切通しを幾度《いくど》か上り、不意に樹間が開ける。

箱根の関所だ。

仁左は老武士主従との間隔を縮めた。

竹矢来《たけやらい》の外で待ち、お店者風《たなもの》を二人置いた位置に仁左はついた。そこからも関所の中が見える。

老武士は二言三言、役人と言葉を交わしただけだった。おそらく従者が一人増えていることへの詰問《きつもん》であろう。

ただそれだけだった。あっけないほどである。

「次」

と、仁左が呼ばれたとき、老武士主従三人は関所を出るところだった。

それらの背を見ながら仁左は、

(関所の役人はいったい、何をやっている)

と、思ったものである。

その仁左についても、役人は往来手形に目を通しただけで、

「通れ」

であった。きのうとおなじ役人だったが、それを不審に思われることはなかった。そこにさして問題はない。役人はいちいちきのうの旅人の顔など覚えていないのだろう。それにしても老武士主従は、あまりにもあっけなく天下の関所を通

った。伊佐治は仁左から三人ほどうしろについている。

仁左は関所の見えなくなった樹間で伊佐治を待った。

「どうだったい」

「ああ、由々《ゆゆ》しきことだ。あの武士、罪の意識はないのかなあ。役人もいい加減なものだが」

「ほう、うまくすり抜けたんだな。さすがだぜ」

と、関所破りへの見方が、二人はそれぞれに異なった。

こんどは伊佐治が前になり、仁左があとについた。

樹間の岩場に伊佐治は、すぐに老武士主従の背を見つけ、背後の仁左に合図を送った。

ふもとに下りてから、左平次は幾度も老武士に頭を下げ、風呂敷包みを中間に返して身軽になると、足を速めた。ここで別れ、先を急ぐようだ。武士とはいえ老人の足につき合っていると、かえって疲れるのだろう。

仁左は迷った。老武士を尾け、後日のため名と身分を確かめておくか。それとも伊佐治と一緒に、左平次へ的を絞《しぼ》るか。

（いまは左平次）

迷いはほんの一瞬だった。

二人は前後して老武士と中間を追い越した。

左平次はなかなかの健脚のようだ。歩がますます速くなる。

小田原の町並みが見えてきた。陽はかたむいているが、沈むにはまだいくらか間がある。

(さて、野郎。どうする)

思いながら二人は左平次につづいた。

小田原の町はすでに旅籠の出女《でおんな》が往還《おうかん》に出て旅人を待ち受けている。それらを縫《ぬ》うように左平次は進み、通り過ぎた。

期待は外れた。左平次がもし、いずれかの貸元《かしもと》一家に一宿一飯の慣《なら》わしでわらじを脱げば、その身許はすぐに判る。だが、素通りである。伊左治の見知った顔に出会わなかったのは、かえってさいわいだった。

(野郎、大磯《おおいそ》まで足を延ばす気だな)

伊佐治と仁左は同時に思った。まだ陽があるとはいえ、小田原から大磯まで四里(およそ十六粁《キロ》)である。着くのは陽がとっくに落ち、いずれの旅籠も提灯を外に掲げてきょう最後の客を待っているころになっているだろう。

二人がそのまま左平次を尾けていくと、途中で陽が落ちた。

大磯の宿場に入ったのは、出女の姿もまばらになり、外に掲げた提灯を降ろし玄関を閉じようとしている旅籠もある時分になっていた。

左平次は出女に袖をつかまれた旅籠に入った。そのようすから、旅慣れてはいるが定宿《じようやど》を持っていないことがうかがわれる。伊佐治はその旅籠の前で仁左を待ち、わらじを脱いだ。もちろん明日に備えるため、女中にさきほどの客の部屋をそれとなく確かめた。となりではないが、すぐ近くの部屋だった。

左平次に、いずれかへ出かける気配はなかった。疲れているのだろう。追っている二人も、その分余裕を持つことができた。

部屋の中で、二人は声を落とした。

「しかし、見事な関所破りだったなあ」

伊佐治は心底感心しているようだった。さらにつづけた。

「それにしても関所破りといやあ露見すれば死罪になるほどの重罪だ。それを、あれだけさらりとやってのけるのはただ事じゃやねえ」

「伊佐どん、知っているかい。ちょうど去年のいまごろだったから、おめえさんはまだ小田原の一家にいたときだ」

「一年前《めえ》だな。ああ、まだ小田原にいた」

「そのころよ。上方《かみがた》を荒らしまわっていた盗賊一味がお縄になったが、取り逃がしたのも幾人かいたというのを」

「ああ、聞いたぜ。うわさは東海道を走ったからなあ。なんでも、押入った商家で一家皆殺しにするってえ非道《ひで》え一味だったらしいなあ。たしか蓑虫《みのむし》一味とか言っていたが」

「そう。蓑虫一味だ」

「あ、仁左どん、おめえさん、あの左平次が、その、逃げたやつらの一人だと?」

「考え過ぎと思うかい」

「あはは、思うぜ。仁左どんて、そんな心配性の人だったかい。仁左どんらしくもねえ」

これが八丁堀《はっちょうぼり》か火盗改《かとうあらため》の同心なら、そこに結びつけても違和感はないが、仁左は相州屋の人宿をねぐらにしている羅宇屋《らうや》である。そして伊佐治はおなじ相州屋の寄子《よりこ》で、竹馬の古着売りである。当然ながら伊佐治は〝考え過ぎ〟の仁左を〝らしくもねえ〟と言った。だが仁左は気になるのか、話をつづけた。

「そうは言うがなあ、盗賊一味ってのは、仲間が挙げられると残った者はいずれかで鳴りを潜《ひそ》め、ほとぼりの冷めたころ、またぞろ動き出すものだ。それも場所を変えてなあ」

「それで上方から江戸へ？」

「たぶん。それに伊佐どん、蓑虫の謂《いわ》れを知っているかい」

「小汚《こぎたね》えからかい」

「そうじゃねえ。枯れ枝におなじような色でぶら下がっていりゃあ、ちょっと目には生き物か木の枝か見分けがつかねえ。つまりだ、雑多な市井《しせい》のなかに紛れこんで息を潜めていやがるから、役人も容易に見つけ出せねえって寸法さ」

「それで蓑虫かい。仁左どん、いやに詳しいじゃねえか」

「いや、煙管《きせる》の脂取《やにと》りや羅宇竹《らうだけ》の新調であちこちまわるからなあ。そのときに聞いたのよ。考えてもみねえ。関所破りをするりとやるやつだ。相当年季の入った凶状持ちかもしれねえぜ。まあ、そう思っただけだ。さあ、あしたも早《はえ》えぜ」

「ああ」

部屋の行灯《あんどん》の火が吹き消された。

三島でのような早出ではなかったが、それでも日の出のころには大磯の旅籠を発った。左平次に合わせたのだ。仁左と伊佐治は廊下の陰から左平次が暖簾《のれん》を出るのを確認すると、そろって女中に見送られたが、外に出るとまた一定の間隔を取って歩を踏んだ。もちろん、左平次がなにかの拍子にふり返っても、二人一緒にその視界に入らぬためである。

速歩《はやあし》だ。伊佐治は前方に小さく見える左平次の背を追いながら、

(仁左どんはああ言うが、まさかあれがそんな大悪党かねえ？)

昨夜は眉唾《まゆつば》もので聞いたが、

(まあ、関所破りのこともあらあ。気になるぜ)

と、そのように見ればなんとなく、抜け目なさそうに、またすばしっこそうに思えてくる。岡《おか》っ引《ぴき》にでもなったような気分で、前方の左平次から目を離さなかった。もちろん、ときおり仁左と前後を交替する。

その日は六郷川《ろくごうがわ》のすぐ手前の川崎《かわさき》にわらじを脱いだ。

旅籠で仁左と伊佐治は話し合った。

「相州屋の忠吾郎旦那に、いい土産《みやげ》ができるかもしれねえ」

「とことん尾けようぜ」

と、伊佐治もすっかりその気になっている。

さて、あしたのことである。

川崎からなら、品川を素通りし、午過《ひるす》ぎには江戸に入る。まだ左平次が江戸に向かっていると決まったわけではないが、二人はその算段で策を練《ね》った。仁左も伊佐治も江戸に入るまで、存在を左平次の記憶に残してはならない。

夜が明けた。川崎宿を出れば、すぐに六郷川の流れの音が聞こえる。渡し舟で乗り合えば顔を合わせ、左平次の記憶に残ることになる。

伊佐治がひと足さきに旅籠を出て、渡し舟で対岸に渡った。仁左は左平次のあとにつき、渡し場も左平次よりひと舟遅らせた。酒匂川《さかわ》を渡るときもそうしたのだ。左平次は箱根を含め、この道中で二人の影も形も見ていないことになる。

仁左は速歩になり、品川にかなり近づいてから左平次の背をとらえた。前方に樹林が見え、街道はそのなかに入っている。鈴《すず》ケ森《もり》である。まだ陽は東の空だが中天に近づいている。往還の木陰からひょいと伊佐治が出て来た。

「へへ。野郎、いくらか足が遅うなったようだぜ」

「そのようだ。昼間のうちに江戸に入れる算段がついたのだろう」

とだけ交わし、伊佐治は仁左のあとにつづいた。

左平次は樹間の道に入った。

進めば片側に竹矢来がつづいている。千住《せんじゅ》の小塚原《こづかっぱら》と並ぶ、鈴ケ森の刑場である。処刑のあるときなど、その竹矢来に人が群がり、街道から見えるように三日間、その首が獄門《ごくもん》台にさらされる。恐いもの見たさで、江戸府内からわざわざ見物に来る者もいる。

処刑には一定の決まりがある。罪人の在所が江戸より西の場合は鈴ケ森で、東の者は小塚原で執行される。鈴ケ森も小塚原も、刑場は街道に面しており、往来人から見えやすいところに置かれている。これから江戸に入ろうとする者に、悪事を働けばここが待っているぞとの脅《おど》しの意味を持っている。

さっきから仁左は五間（およそ九米《メートル》）ほど先に左平次の背をとらえ、歩を踏んでいる。そのまたうしろ五間ほどに伊佐治がつづいている。

行き交う往来人や荷馬に混じって、左平次の足は刑場にさしかかった。竹矢来の内側にいまは磔《はりつけ》刑も火刑《ひあぶり》もなく、獄門台にさらし首もなかったが、切り拓《ひら》かれた草地にそれらを連想させる諸道具が見え、昼間でも凄惨《せいさん》な雰囲気がある。風が吹けば、死臭がただよって来る感じさえし、往来人には歩をゆるめ、刑場のほうに視線をながしている者もおれば、竹矢来に取りついて中を見ている者もいる。

一様に顔をしかめ、なかには肩をぶるると震わせている者もいる。そうした反応は、いずれも善人である。

　左平次はどうか。

　仁左は歩を早め、間合いを三間（およそ五米）ほどに縮めた。

（仁左どん、大丈夫か。あんなに近づいて）

　伊佐治も思いながらつづいた。

　近づけば、うしろ姿からでもその反応を読むことができる。

（やはり）

　仁左はうなずいた。

　左平次は道中笠の前をちょいと上げ、首を刑場のほうへほんの少しまわし、すぐに笠から手を離し、竹矢来を避けるようにうつむき加減になり足早になった。

　心ノ臓が高鳴っているかもしれない。

（まかり間違えば自分があそこに……）

　そんな考えが、脳裡《のうり》を走ったのではないか。顔をそむけ、逃げるような足取りになったのは、

（そのせいに違いない）

仁左は確信を持ち、

(なんで足が速くなったり遅くなったり)

伊佐治は首をひねりながら仁左の歩に合わせた。伊佐治の距離からは、左平次の瞬間的な心中の変化は感じ取れない。

三人の足は品川の町場を過ぎ、江戸湾の袖ケ浦《そでうら》の海浜に沿った街道に入った。沖合に大小の船の帆が揺れているのは壮観である。浜辺には漁師が忙しそうに動いている。片側に民家が並び、途切れることがない。人や荷馬や大八車の往来も多い。

この袖ケ浦に沿った街道に歩を踏み、潮騒《しおざい》を聞くと、西から来た旅人はようやく江戸に着いたとの思いに浸《ひた》る。左平次もおそらくその思いを噛《か》みしめ、歩を進めていることだろう。

途中、海浜に向かって下って来た坂道が、街道へ直角にぶつかって丁字路になり、その両脇に茶店とそば屋が暖簾を出している。播州赤穂藩《ばんしゅうあこう》は浅野内匠頭《あさのたくみのかみ》と四十七士の墓所がある泉岳寺《せんがくじ》への入口である。坂道は山門まで二丁近く(およそ二百米)はあろうか。薪《まき》を満載した大八車なら後押しがいなければ登れないほどの急な坂道に、門前町の町並みが形成されている。

陽は中天を過ぎている。

泉岳寺門前町の入口を過ぎてもまだ片側は海浜で潮騒がつづくが、前方に往還の両脇から石垣の突き出しているのが見える。高輪《たかなわ》の大木戸である。大木戸といっても、役人が出張って手形改めをしているわけではない。往来勝手で大木戸跡と言ったほうが適切か、入ればそこから江戸府内で、石垣の内側はちょっとした広場になっている。日本橋《にほんばし》の東たもととおなじで高札場《こうさつば》が設《もう》けられ、町駕籠《まちかご》などがよく客待ちをしている。

街道が海浜に沿っているのもここまでで、この大木戸を過ぎれば、旅人はやっと江戸に入ったとの思いを実感する。大木戸の内側からは両脇に建物が並びはじめ、潮騒も聞こえなくなる。町名は田町九丁目であり、相州屋のある札ノ辻は、その並びの田町四丁目である。

左平次の足は石垣を抜け、その田町に入った。両脇に並ぶ茶店に目もくれることなく、江戸府内で往来人に混じって歩をまっすぐに進めている。

尾けにくい。

往来人や荷運びの牛や馬が多いからではない。

田町となれば地元である。蠟燭《ろうそく》の流れ買いのおクマ婆《ばあ》さんと付木《つけぎ》売りのおトラ婆さんの商いの範囲であり、羅宇屋の仁左と竹馬の古着売りの伊佐治にとっても、それはおなじである。

三

その二人が旅姿で間隔をとって歩いているなど不自然であり、おクマやおトラだけでなく、顔見知りと出会い声をかけられないとも限らない。

高札場の前で仁左は伊佐治を待った。といってもすぐうしろに尾いているのだから、待つほどのこともない。

仁左は遠ざかる左平次の背を目で追いながら、

「ここから先は一緒に尾けよう。札ノ辻が最大の難所となるぞ」

「わかった」

と、二人は交わすとすぐまた尾行に入った。似たような旅装の者もいるが、左利きらしく振分荷物を右肩にかけているので、それがいい目印になる。

だが、札ノ辻を二人が並んで通り過ぎようとすれば、相州屋の向かいの茶店からお沙世が出て来て、不思議そうに声をかけるのは必至だ。そのときは一人が対応し、もう一人が見失わないようにあとを尾ける。

伊佐治が〝わかった〟と言ったのは、〝難所〟を切り抜けるその方途がわかったという意味である。もちろん、おクマやおトラと出会ったときもそのように切り抜ける。

歩きながら話した。

「やっこさん、ありゃあ確たる目的地を持った足の運びだぜ」

「そのようだ」

伊佐治は視線を前方に向けたまま返した。

慥《しか》と目的を持ったと思われる左平次の足取りは、札ノ辻へ差しかかった。

あとにつづく仁左と伊佐治は緊張気味になった。そこは相州屋の庭のようなものであり、二人が旅姿で素通りするなど、不自然以外のなにものでもない。それに街道は札ノ辻で増上寺《ぞうじょうじ》の裏手に出る枝道が分岐しており、そのほうに歩を取る旅人もけっこう多い。赤坂《あかさか》、四ツ谷《よや》方面なら、その枝道のほうが近道であり、増上寺門前の浜松町《はままつちょう》や京橋《きょうばし》、日本橋、神田《かんだ》方面なら、街道をそのまままっすぐ進むはずだ。

どっちへ左平次は進むのか。

「おっ」

仁左と伊佐治は同時に声を上げ、歩を止めた。

左平次は相州屋向かいの茶店の、往還に出ている縁台にひょいと腰かけたのだ。すぐにお沙世がカラの盆を小脇に出て来た。

「いらっしゃいまし」

と、声まで聞こえる。

素通りはできない。確実にお沙世に呼び止められる。角の陰に身を引いても、まわりは顔見知りばかりである。やはり、不思議そうに声をかけられるだろう。

普段なら忠吾郎もおもての縁台に腰かけ、途方に暮れたようすで江戸にながれて来た者、行き倒れになりそうな男や女はいないか、脇差ほどの長さのある鉄製の煙管で煙草をくゆらしながら目を配っているが、さいわいなことにきょうは出ていない。

仁左と伊佐治はうなずきを交わし、左平次からお茶の注文を聞いたお沙世が中に入った隙《すき》を狙い、寄子宿のある路地に素早く入った。縁台の左平次は、その背をチラと見たようだ。だが別段、気にしたようすはない。

　泉岳寺の門前でも高輪の大木戸でも、茶店で小休止をとらなかった左平次が、札ノ辻の茶店に腰を下ろすなど、仁左と伊佐治には予想外のことであり、かつそれは二人にとって、おあつらえ向きでもあった。だからさっき、顔を見合わせうなずきを交わしたのだ。

　二人はすぐに路地から出て来た。仁左は腰切半纏《こしきりばんてん》を三尺帯で決め、縦長の道具箱を背負った羅宇屋に戻り、伊佐治は尻端折にした単《ひとえ》の着物に手拭《てぬぐい》を吉原《よしわら》かぶりにして、両端に竹の足をつけた天秤棒《てんびんぼう》を担いでいる。天秤棒には古着がこんもりと掛けられている。それが竹馬に似ていることから、竹馬の古着売りと世間から呼ばれている。

　ちょうど左平次が縁台から腰を上げたところだった。歩は枝道ではなく街道筋に向いていた。

「ありがとうございました」

　と、その背を見送ったお沙世が、

「あらあ、仁左さんと伊佐治さん。帰ってたんですかあ」

湯飲みを載せた盆を両手で持ったまま、驚いたように大きな声を上げた。数人の往来人がふり返ったが、左平次はふり向きもせずそのまま歩を進めた。

竹馬の伊佐治は左平次を見失わないように街道に歩を踏み出し、代わりに仁左が足を止め、

「ああ、帰《けえ》ったばかりでなあ。さっきそこに旅姿のお客が座ってたようだが、どこへ行くとかなんとか、言ってなかったかい」

「ええ、金杉橋《かなすぎばし》は近いかなどと訊《き》かれたので、この先もうすぐだと教えたけど、それがなにか」

「いや、なんでもねえ。ちょいとな、急いで行かなきゃなんねえとこができちまってよ。理由《わけ》はあとで話さあ。忠吾郎旦那にもなあ」

言うと背の道具箱にカシャリと音を立て、まだ往来人越しに見える竹馬の伊佐治を追った。羅宇屋の道具箱は、上蓋《うわぶた》に挿《さ》しこんでいる幾本もの煙管や羅宇竹が歩に合わせ、カシャカシャと音を立てる。

「んもう。いったいどうなっているの」

盆を持ったままお沙世は強く土を蹴るように足踏みをし、カシャカシャの背を見送った。

これまでの街道とは勝手が違う。江戸府内である。往来人も荷馬も大八車も多く、町駕籠も走っている。往来人には商人も職人も男も女も、さらに武士もいる。そのなかに竹馬の古着売りが歩いているのは、きわめて自然な光景だ。左平次に近づいてもなんら違和感はない。その伊佐治のすぐあとに仁左がカシャカシャと音を立てているのも、町の見なれた風景の一つだ。

カシャカシャの音が竹馬の横に並んだ。羅宇屋と古着屋が歩きながら話していても、まったく自然で怪しむ者などいない。ほんの三間（およそ五米）ほど前を行く旅姿の左平次がふり返っても、気にもとめないだろう。ましてその二人が三島から尾けて来たなど、思いもしないはずだ。

仁左は視線を左平次の背に釘づけたまま言った。

「野郎め、お沙世ちゃんに金杉橋の所在を訊いたらしいぞ」

「金杉橋？　すぐそこじゃねえか」

足はすでに田町一丁目を踏んでいる。その先は袖ケ浦からつながっているおなじ東海道だが町名を芝《しば》に変え、次が金杉町《かなすぎちょう》で金杉通りともいう。金杉橋はその先にある。渡れば街道沿いの両脇は浜松町となり、西手の町場をすこし入れば増上寺の広大な門前町となる。

「野郎の行く先は金杉橋の手前か、それとも浜松町か。金杉橋の手前なら、小料理屋の浜久《はまきゅう》のご町内さんということになるぜ」

「渡れば浜松町のどこかか、それとも脇道を抜けて増上寺の門前町に入りこむかもしれねえなあ」

と、江戸の町には疎《うと》かった伊佐治も、いまではけっこう明るくなっている。とくに増上寺の門前町などのように胡散臭《うさんくさ》い土地《ところ》は、すみずみまで知り尽《つ》くしていた。

「いよいよという感じだなあ。用心のためだ。また、まえうしろになるか。頼むぜ」

「おう」

と、伊佐治は返し、仁左の前に出た。

左平次はかすかにふり返った。さっきまで聞こえていた羅宇屋の音が遠ざかったからか。うしろにも前にもさまざまな人が歩いている。そのなかに竹馬の古着売りもいる。ただそれだけのことだ。目を合わせたわけでもない。

「おっとっとい」

急ぎの荷か、大八車が車輪の音とともに土ぼこりを上げ、三人を追い越して行った。

三人の足はすでに芝を抜け、金杉町に入っている。聞こえて来る。金杉橋を渡る大八車の車輪の音や下駄《げた》の響きである。その手前に小料理屋・浜久の暖簾が風に揺らいでいる。お沙世の兄の久吉《ひさきち》が亭主、兄嫁のお甲《こう》が女将《おかみ》で、つまりお沙世の実家である。

（さて、左平次よ。どうする）

金杉橋を目の前にして、仁左も伊佐治もその背に問いかけた。

左平次は浜久の前を通り過ぎ、金杉橋に歩を進めた。

渡った。

向かいから歩いて来た商家のおかみさん風の女に、左平次は声をかけた。立ち止まり、道を訊いているようだ。この一帯も仁左や伊佐治の商い場所である。名は知らないが、顔見知りのおかみさんだ。

一言二言、訊き終えたか、

「おっ」

低く声を洩《も》らしたのは伊佐治だった。

左平次が街道から西手の枝道へフッと消えたのだ。

伊佐治はふり返り、仁左に目で合図を送るとすぐあとを追った。街道から枝道に入れば、なかは路地なども多くけっこう入り組んでいる。

仁左はまだ橋の上である。

さきほどのおかみさんが来る。

「まいどご贔屓《ひいき》に」

「あら、いつもの羅宇屋さん」

と、仁左は伊佐治を追うよりも、おかみさんに声をかけた。

おかみさんは応じた。

「さっき旅のお人に道を訊かれていなすったようでやすが」

「ええ、そうだけど。どうして」

「へえ。そのお人、腰にちょいといい煙管を差していなすったもので。つい気になりやして」

とっさの方便である。

「あら、さすがは羅宇屋さん。あたしゃちっとも気がつかなかったよ。桜長屋《さくらながや》はどこかって訊かれてね。教えてやりましたよ。ほら、この奥の、うちらの町と門前さんとの境《さかい》の」

「さようで。ありがとうございやした」

仁左は礼を述べ、ふたたび背の道具箱に音を立てた。

もう伊佐治の背は見えないが、これで左平次の行き先は判った。

四

金杉橋を渡ったところが浜松町四丁目で、そのまま進んで街道が増上寺門前から延びる広場のような大通りと十文字に交差し、そこを過ぎたあたりが浜松町一丁目となっている。増上寺の門前町は、街道沿いの浜松町の西側全体ということになる。浜松町と増上寺の門前町のあいだには、さきほどのおかみさんが〝うちらの町と門前さんとの境〟と言ったとおり、境界線をつくるように道一筋が街道と並行して南北に走っている。

この境界線の意義は大きい。浜松町側は町方が管掌《かんしょう》する、きわめて普通の町場だが、この境界の道一筋を隔《へだ》てれば、名目上は町奉行所の管掌だが、実質は町の顔役である店頭《たながしら》たちが乱立して鎬《しのぎ》を削り合い、町方が容易に入れない門前町特有の町場となっている。

左平次が、街道をそれて入って行ったのは浜松町四丁目である。その町場は境界の道一筋を挟み、門前町の中門前《なかもんぜん》三丁目と背中合わせになっている。

門前町は山門の大通りから南へ、増上寺の塗り壁と道一本でとなり合わせる片《かた》門前《もんぜん》と、浜松町と背中合わせになる中門前が、それぞれ一丁目から三丁目へと、金杉橋の架かる古川《ふるかわ》まで広がっている。浜松町四丁目と背中合わせになる中門前三丁目は、増上寺の門前町といっても最も端っこで、いわば門前町も場末《ばすえ》ということになる。

そこは門前町のおもて向きの華《はな》やかさもなく、小づくりの民家や長屋が入り組み、古ぼけた木賃宿《きちんやど》があり、日暮れれば飲み屋の軒提灯がぽつりぽつりと点《とも》る程度である。

左平次の行き先である〝桜〟などという洒落《しやれ》た名を冠《かん》した長屋は、その境界になる往還に路地の口を開けている。五部屋つづきの二棟が向かい合った、これもまた場末の長屋である。

そのような長屋は、表通りで所在を訊いてもなかなか判らないものだが、左平次は一発で答えを得た。近在で有名なのだ。長屋の脇が広場というより空き地になっており、それは見事な一本桜が屹立《きつりつ》している。近在の者は百年桜と言っているが、満開のときには樹齢二百年だ、いや三百年だと言っても、誰も疑わないほどの豪勢さがある。

もちろん季節には花見客が来る。桜木の手入れや周囲の草引きは長屋の住人がやっている。役得がある。空き地に縁台を出し、にわか茶店を開くのだ。ちょっとした食べ物も甘酒も出す。葉桜になっても客は絶えず、長屋の住人には年に一度の、けっこうな収入になる。

それで〝桜長屋〟なのだが、浜松町の自身番には関兵衛店《せきべえだな》と記《しる》されている。地主も家主《いえぬし》も金杉橋のすぐ近くで街道に面して醬油《しょうゆ》問屋の暖簾を張る、野田屋《のだや》関兵衛である。

野田屋にはときおり、寮を建てたいからという大店《おおだな》のあるじや、下屋敷を設けたいという高禄《こうろく》の武家から、土地の買取りや借入の申し入れがある。

関兵衛はかたくなに断りつづけている。条件がいずれも、〝小汚い〟長屋の取り壊しだったからだ。長屋の住人は立ち退《たの》かねばならない。

「――そんな酷《こく》なこと、できることじゃありませんよ」

関兵衛は常に言うのだった。

その桜長屋に左平次は向かっている。いささかみょうな感じがする。関所破りまでして、わざわざ東海道を下って来て訪ねる先が、小汚い貧乏長屋とは……。

あるいは、

(その近くかもしれない)

思いながら仁左は先まわりするつもりで急いだ。

境界の往還に出てから長屋の路地に入った。

瞬時、

「ん?」

思った。長屋の路地に人影がなく、なにやら住人が逼塞《ひっそく》しているように感じられたのだ。

だがそれは瞬間であり、それ以上疑念を膨《ふく》らませることなく、一軒目の腰高《こしだか》障子《しょうじ》に、

「へい、羅宇屋でございます」

声をかけたところへ、背後を通った男、左平次だった。すたすたと長屋の路地に入り、迷わず叩いたのは、三軒目の腰高障子だった。

知っている。半年ほどまえだった。この長屋をまわったとき、羅宇竹を新調し

たのだ。確か金杉橋たもとの船宿《ふなやど》・磯幸《いそさち》に雇われている、歳なら二十代なかばか体格も人あたりもいい若い船頭だ。名は忘れた。胡散臭い印象を持たなかったことは覚えている。

(そういえば、あの若い船頭、上方なまりがあった)

一瞬、脳裡をかすめた。

すぐに腰高障子が開き、左平次は吸いこまれるように中へ入った。声は聞こえなかった。

ひとまず目的は果たしたので、仁左は境界の往還に歩を戻した。

そこへ、

「あ、いいところで会った。角を幾度も曲がりやがるので、見失ってよ」

「しーっ」

伊佐治が言いながら竹馬の天秤棒を担いだまま走って来るのへ、仁左は口に人差し指をあてた。

やはり伊佐治は、町中《まちなか》に入り角を幾度か曲がるうちに左平次を見失ったようだ。それを仁左は見こし、先まわりしたのだった。

「わかった。帰《けえ》るぜ」

「ほ、そうかい」

と、二人はふたたび街道に出た。

仁左は背に音を立てながら言った。

「どうも解《げ》せねえ。あんなところとは」

「船頭を訪ねたか。それも長屋住まいの」

と、伊佐治も、左平次のわらじを脱いだところが磯幸の若い船頭で、しかも長屋だったことに首をかしげた。二人とも、極悪人が関所破りまでしてわらじを脱ぐところなら、相応の隠れ家だと思っていたのだ。空き地の百年桜もいまは秋で、立ち枯れのように突っ立っているだけである。

「ともかく初《しょ》っ端《ぱな》からしつこく探りを入れるのは危険だ。こういうときは、じわりじわりと行くのが肝要だ」

「ほう、そういうもんかね」

仁左の言うのへ、伊佐治は感心したように返した。

得心もした。長屋のすぐ前は中門前三丁目であり、そこの店頭は裏仲《うらなか》の弥之市《やのいち》である。古川の土手で旗本による夜鷹《よたか》殺しがあったとき、相州屋と弥之市一家が合力《ごうりき》して解決した経緯《いきさつ》がある。探りを入れるのに、裏仲の弥之市一家の合力をじゆうぶん期待できるのだ。

「ともかく忠吾郎旦那に知らせよう。裏仲だけじゃなく、おクマさんやおトラさんの手を借りることになるかもしれねえ」

「ああ。あの二人は俺たち以上に、どこへでも入《へえ》っていくからなあ」

話しながら、二人の足は街道を返し、ふたたび小料理屋の浜久の前を通り、札ノ辻に向かった。

五

仁左と伊佐治が浜久の前を二度も通ったとき、奇《く》しくもそこに忠吾郎が上がっていた。一番奥の部屋で、表通りを行った羅宇竹のカシャカシャは聞こえなかったようだ。

忠吾郎はそこで実兄の北町奉行、榊原主計頭忠之《さかきばらかずえのかみただゆき》と膝《ひざ》を交えていたのだ。それればかりか、浜久に上がるまえ醬油問屋の野田屋に顔を出し、あるじの関兵衛とも親しく会っていた。桜長屋の持主である。

二日前である。ちょうど仁左の視界のなかで、左平次が粛々《しゆくしゆく》と関所破りをしているころだった。相州屋に野田屋関兵衛からの遣《つか》いが来ていた。番頭の友造《ともぞう》と女中のお仲《なか》である。忠吾郎は二人を居間に上げ、しばし歓談した。

野田屋関兵衛の用件は、商舗《みせ》の荷運び係りと女中を各一人ずつ雇いたいとの申し入れだった。口入れの用件なら番頭の友造一人でじゅうぶんであり、それに奥の居間に上げなくても店場の板敷きで間に合うはずだ。

友造は八年前、お仲は三年前、街道で行き倒れて運よく相州屋に拾われて寄子になり、忠吾郎が野田屋に口入れしたのだった。だから関兵衛は気を利かせて二人を遣わし、忠吾郎も居間に上げたのだった。

二人がそろって来たのには、もう一つ理由《わけ》があった。

「実は、旦那さま」

と、友造ははにかむような表情になり、お仲もぽっと顔を赤らめた。

「わたしら二人、関兵衛旦那の勧めもあって、近いうちに祝言《しゆうげん》を挙げることになりまして。それの仲人《なこうど》は是非とも相州屋さんに頼め、と関兵衛旦那が」

「ほおう、ほうほう」

忠吾郎は達磨顔をこれ以上はないといったほどにほころばせ、

「そいつはめでたい。わしにとってもありがてえ、ありがてえぜ。おめえたちが野田屋さんでしっかり奉公してくれているから、関兵衛旦那もそう言ってくれるのだ」

「いえ、さような」

友造は言葉につまり、お仲はさらに顔を赤らめた。

忠吾郎はつづけた。

「それに野田屋といえば商売繁盛で、浜松町界隈《かいわい》じゃ一番、江戸でも屈指《くっし》の醬油問屋だ。商いをさらに拡大するからと、新たな奉公人の口入れを相州屋に頼んでくださる。これもおめえたちのおかげだ。わしからも礼を言うぜ」

「そんな、旦那さま」

お仲が初めて口を開いた。

新たな口入れについては、ちょうど寄子のなかに適任がいた。男は二十日ほど前、女は十日ほど前に、街道を髷《まげ》もくずれ垢《あか》にまみれ腹を空かし、ふらふらと歩いていたのを茶店のお沙世が見つけ、忠吾郎が引き取って寄子にしていたのだ。伊吉《いきち》におヨシといった。相州屋では寄子をしばらく店で使い、それで人物を見て適宜《てきぎ》なところへ口入れするのを常とした。

この二人を二日後のきょう、目見得《めみえ》（面接）のために忠吾郎が野田屋へ連れて行くことになっていたのだ。目見得だけなら忠吾郎が行かずとも、番頭の正之助《まさのすけ》に任せればいいのだが、この日、忠吾郎には金杉橋の浜久に行かねばならない用件があった。

実兄の忠之から隠密《おんみつ》廻り同心の染谷結之助《そめやゆいのすけ》をつうじて、近々時間を取れとの申し入れがあったのだ。忠之と忠次《ただつぐ》こと忠吾郎が会うのはいつも、呉服橋《ごふくばし》の北町奉行所と札ノ辻のほぼ中ほどとなる浜久と決まっていた。

忠吾郎は午前《ひるまえ》に伊吉とおヨシを野田屋に連れて行き、二人はさっそくあしたからということになった。あしたに備え伊吉とおヨシをさきに帰し、忠吾郎はしばし関兵衛と歓談した。

「いやあ、友造もお仲もよくやってくれてます。相州屋さんの口入れには間違いがないから、手前どもも安心してお願いできますよ」

「そう言ってもらえれば、わしも仕事に張り合いが出ますわい」

と、そのような話をして昼の馳走《ちそう》に与《あずか》り、それからすぐ近くの浜久の暖簾をくぐったのである。

そのすぐあとに浜久の前を左平次が通り、つづいて伊佐治と仁左が通ったのだった。

お忍びの榊原忠之は、深編笠《ふかあみがさ》で着ながしに大小を差し、いつものように遊び人姿の染谷結之助を随えていた。

部屋もいつもの一番奥で、盗み聞きされないように、女将のお甲が言われなくても手前の部屋を空き部屋にしている。忠吾郎が札ノ辻の相州屋のあるじであることは、仲居から包丁人、下足番《げそくばん》にいたるまで知っているが、遊び人風体《ふうてい》の男を随えた深編笠の武士の素性を知るのは、女将のお甲と亭主の久吉のみである。お甲も久吉も奉公人に、

「詮索《せんさく》無用」

と、きつく言っている。言わなくとも、それが北町奉行であり、いつもの従者が隠密同心だなどとは想像もしないだろう。ただ、

(相州屋の旦那は仕事柄、お顔が広いから)

と、思うのみである。

部屋でかたちばかりの膳を挟み、

「兄者《あにじゃ》から声がかかるとは、またお上《かみ》では裁けぬ悪党が現われましたかな。いやあ、きょうは非常に気分がいいので。さあ、言ってくだされ。なんなりと承《うけたまわ》

りましょう」

かつて口入れした二人が祝言を挙げることになり、また新たな寄子二人の奉公先も決まったのだ。忠吾郎は浜久の暖簾をくぐる前から上機嫌だった。

「そう、断じて許せぬ悪党じゃ。じゃがな、儂《わし》ら町奉行所に手が出せぬといった類《たぐい》ではない。染谷、おまえから話してやれ」

「はっ」

忠之と忠次こと忠吾郎が向かい合わせにあぐらを組み、忠之の斜《なな》めうしろに染谷は端座している。三人だから三つ鼎《みつがなえ》に座をとれば話しやすいのに、奉行と同心では、お忍びであってもそうはいかない。

返事をした染谷は端座のまま話した。

「大坂、京を中心に、畿内《きない》一円を荒らしまわっていた、蓑虫一味という凶賊をご存じでしょうか」

「ああ、知っておる。大坂の町奉行所が鬼三次《きさんじ》とかいう首魁《しゅかい》をはじめ、手下も幾人か捕えたが、幾人かを逃がした、と街道をながれて来たうわさが言っておったが、もう一年ほどもまえのことだ」

「そのとおりです。大坂の奉行所では鬼三次らを磔刑《はりつけ》獄門にかけるまえに、牢問《ろうとい》にかけて棲家《すみか》の所在を吐かせ、ただちに踏込んだようですが、もぬけの殻《から》だったそうです」

「あたりまえじゃねえか。盗賊ってのは逃げ足が速《はえ》えもんだ。仲間が捕まったとなりゃあ、瞬時に遁走《とんずら》するぜ。で、それがどうしたい」

忠吾郎は相手が遊び人姿の染谷なら、つい伝法《でんぽう》な口調になる。そのほうが話しやすいのだ。染谷も引きこまれ、おなじような口調になった。

「そのとおりで。蓑虫一味は総勢十数人で、捕えて獄門首にしたのは鬼三次以下七人で、逃げたのは五、六人だそうです」

「はっきりした人数は判らねえのかい」

「なにぶん押入った商家では皆殺しで、面《つら》を見た生き証人はおらず、人数もはっきりせず、それまでの凶行の跡から、大坂奉行所がそう踏んだらしいので」

生き証人がいなくても、凶行を重ねておれば、その跡からおよその人数は推測できる。

「大坂の町奉行所は必死になって行方を追ったそうでやすが」

「足取りさえつかめねえってんだろう。派手な暮らしなどせず、町中《まちなか》に目立たぬようさりげなく暮らし、それで〝蓑虫〟などと異名がついたと聞いてるぜ」

「へえ、そのとおりで。大坂の奉行所じゃ根気よく町場を找《さが》し、この一年で行方《ゆくかた》知れずになった者のうち、それらしい素性の判らねえ者を五、六人割出したそうで」

「ほう。大坂の奉行所もけっこうやりなさるなあ」

「その根気は、儂らも見習わねばと思うておる」

忠之が言った。大坂の奉行所は、相当地道《じみち》な努力をしたようだ。

染谷はつづけた。

「そのなかの幾人かが、ここ三月《みつき》のあいだに東へ向かったらしいので」

これも地道に探索した成果だろう。

「東へ？　江戸へ来たとでも？」

「わかりやせん。手証《てしょう》もありやせん。ただ推測できるのは、生き残ったやつらで結託して、また凶行を働くかもしれねえということで」

「ふむ。そのために、大坂の奉行所の目の届かない江戸に拠点を移すのは、じゅうぶん考えられることだなあ。だが、そうだとしても、すでに入《へえ》ったやつもおれば、まだ東海道のいずれかに潜み、これから入るやつもいるかしれねえ。わしが盗賊の頭《かしら》なら、そうやってばらばらに動くようにするぜ」

「あっしらも、そう考えやした」

「ほう。それでこのわしに何をしろと？　盗賊の捕縛なんざ、まったく町奉行所の管掌じゃねえのかい」

「そのとおりで。したが、あっしらもまだ雲をつかむような話で。他にわかっているのは、逃げたなかに鬼三次の右腕がいるということと、そいつの二つ名が〝左利きの左平次〟だということだけでやして」

「そこでだ」

　忠之がまた口を入れた。

「やつら、江戸に入るかそうでないかもわからぬ。入っても東海道か中山道《なかせんどう》かもわからん。そこを相州屋で網を張っていてもらいたいのじゃ」

「無茶だぜ。その左平次とやらの面もわからないのに、どうやって網を張る」

　ふたたび忠之と忠吾郎の会話になった。

「無茶は承知だ。ただ留意してくれていたら、それでいいのだ。おまえはいつも街道の往来人を見ており、向かいの茶店の、ほれ、お沙世とかいったなあ。以前いいいいうわなり打ちをやってのけた娘だ。あれも頼りになりそうだ。それに、仁左だ。羅宇屋などに扮《こしら》えているが、儂の隠密に欲しいほどだ」

斜めうしろで、本物の隠密同心の染谷がうなずきを入れている。

「あの小柄な伊佐治も、目端《めはし》の利くおもしろいやつではないか。小田原時代におまえの子分だったとか言ったなあ」

「さようで。だから江戸に呼び寄せたのさ」

「つまりだ。それだけの目で札ノ辻を中心に目を光らせておれば、蓑虫の一味が旅人に紛れて入って来ても、目につくのではないかな。怪しげなやつを見かけたら、そやつを尾け、居所を突きとめてもらいたいのじゃ」

「難しい相談ですなあ」

さっきまで機嫌のよかった忠吾郎は、ひたいに皺《しわ》を寄せ渋面《じゅうめん》をこしらえた。そやつらが江戸入りするかしているかも判らない状態で見張りをするのは、まさしく染谷も言ったとおり、雲をつかむような話である。

渋面になった忠吾郎へ忠之は言った。

「おまえがそう言うのもわかる。慥《しか》と見張ってくれというのではない。ただ、気にとめておいてくれと頼んでいるのだ。おまえの手下《てか》の面々なら、対手《あいて》の面が判らなくても、臭《にお》いを嗅《か》ぎ分けるかもしれんでなあ。それに、これは明らかに奉行所の仕事だ。すでに探索の人数は出している。だが、どこにどう手をつけていいかもわからんのだ」

「そのとおりなんでさあ。私も仁左どんや伊佐どんが手を貸してくれたなら、こんな心強いことはありやせん」

染谷が忠之の言葉を引取り、忠吾郎へ承諾をうながすように言った。

忠吾郎は渋面のまま、

「まあ、気をつけておくだけなら」

気乗りしない口調で返した。

「ほう、そうか。ともかく気をつけておいてくれ」

「私も近いうちに、仁左どんと伊佐どんに会って、一応の策は練らしてもらいまさあ」

と、この日の談合はここまでだった。

染谷はむろん、忠吾郎も忠之もまだ、仁左と伊佐治がそれらしい男を三島から追って帰り、いま膝を寄せ合っている浜久の前を通ったなど、夢にも思っていない。もちろん仁左と伊佐治も、浜久の暖簾の中で、仁左も目をつけた蓑虫一味のことが話し合われているなど、想像すらしていないことである。ただ、

――忠吾郎旦那への土産

とは思っている。

その忠吾郎は鉄製の長煙管を腰に、

(兄者も無理なことを言うわい。まったく雲をつかむような)

と、札ノ辻に戻った。

夕刻近くには、

「ほおう、戻っていたかい」

と、ふたたび相好《そうごう》をくずし、仁左と伊佐治の慰労《いろう》の宴を設けた。

相州屋の裏庭に面した奥の居間である。慰労というより、互いに話したいことがある。忠吾郎には友造とお仲のことに、忠之から依頼された蓑虫一味の件がある。仁左と伊佐治には、蓑虫一味と思われる男を尾けて来た土産話があり、お沙世は仁左と伊佐治が帰って来るなり、すぐまた出かけた理由《わけ》を聞きたい。いずれもが早く口火を切りたくてうずうずしている。

部屋には忠吾郎と仁左、伊佐治がそろい、ちょうどお沙世が店番を祖父母の久《ひさ》蔵《ぞう》とおウメに頼み、裏庭から居間へ入ろうとしたところへ、おクマとおトラが帰って来たので、そのまま婆さん二人も、

「ほうほう。仁さんと伊佐さん、帰って来なんしたか」

と、そのまま相州屋の居間に上がった。

六

伊佐治が小田原でつつがなく祝いを届けた報告をしたあと、それぞれがうずうずしているなかに、

「ねえねえ、ちょいと聞いてよ。大変なことになっているんだから」

と、口火を切ったのは、なんと丸顔ですこし太めのおクマだった。細めで面長《おもなが》のおトラも、

「そう、そうなのよ」

と、二人そろってひと膝まえにすり出た。よほど気になる町のうわさを拾って来たようだ。蠟燭の流れ買いも付木売りも、家々の裏手から入る商いである。家人や女中、下男たちから、おもてではあまり聞かない町のうわさ話をよく聞き込んで来る。

二人はきょう浜松町をながしたと言う。仁左と伊佐治は、

「えっ、浜松町？」

と、興味を持った。お互いに町内ですれ違いになったようだ。

忠吾郎も関心を持った。

おクマは言った。

「四丁目の裏手、桜長屋さ。あそこのお人ら、みんな困っていなさるのさ。やくざ者に追い立てを喰らって」

「そう、それも非道《ひど》いのさ。魚屋や八百屋の行商人が来ると、ほれ、門前町と境になっている通りの長屋の出入り口さ。あそこで追い返されてさあ」

「住人のお人ら、出入りのたびに、早《はよ》う出て行け、出て行け、などと罵声《ばせい》を浴びせられてさあ。男の人が喰ってかかると殴《なぐ》られたり蹴られたりでさあ」

「腰高障子を蹴られ、早く出て行かないと、火を付けるぞなんて脅されたり」

おクマもおトラと交互に言う。

「まあ、そんな非道いことを」

お沙世が声を上げた。

仁左と伊佐治は顔を見合わせた。仁左が〝逼塞している〟と感じたのは、それだったのかもしれない。そのときやくざ者の姿を見なかったのは、たまたまいなかっただけであろう。

「いつからだ」

問いを入れたのは忠吾郎だった。初耳である。きょう家主の野田屋に行ったとき、関兵衛はそのような話は一切しなかった。他所《よそ》さまに心配をかけまいと、意識的に黙っていたのかもしれない。だとしたら、世間話として話せないほど、事態は深刻なのかもしれない。

「十幾日もまえからだって」

おクマが応えた。

仁左や伊佐治にとっても初耳だった。そういえばここ十数日、小田原や三島には行っても、浜松町界隈は行っていない。行っておれば、羅宇屋と竹馬の古着売りの稼業なら、そうしたまたとないうわさは当然耳にしているはずである。

おクマとおトラが話す、立ち退きの話と関連するかしないか判らないが、仁左は問いを入れた。

「その桜長屋によ、若え船頭《わけ》で、ほれ、なんとか言った、中ほどの部屋でよ」

「ああ、市助《いちすけ》さん。金杉橋の磯幸っていう船宿の船頭さん」

「その市助さんさね。嫌がらせの与太《よた》に喰ってかかって、殴られたり蹴られたりしたのは」

「そう。それで番頭の、ほら、ずっとまえ相州屋の寄子《こ こ》だった友造さんが走って来て、なんとかなだめ……。だけど市助さん、つぎの日、足腰が痛んで舟の棹《さお》、握れなかったそうだよ」

「まったく、友造さんが出て来なかったら、市助さん、どうなっていたやら」

またおクマとおトラがかわるがわる話した。

忠吾郎と仁左、伊佐治は聞き入った。お沙世も眉をひそめながら熱心に聞いている。

座は不思議な緊張に包まれはじめた。それぞれが話したくてうずうずしている内容に関連があるようなないような、みょうな方向に進み出したのだ。

「それにしても友造さん、大したもんだよ。行き倒れ同然だったのが忠吾郎旦那に拾われて、いまじゃ野田屋さんの番頭さんさね」

おクマが言ったのへ忠吾郎が、

「そうそう。その友造だが、お仲と祝言を挙げることになってなあ。それにいま寄子宿《こ こ》にいる伊吉とおヨシなあ、あしたから野田屋さんに奉公することになったのだ」

話すとおクマとおトラは歓声を上げ、さっきまでの真剣な表情が笑顔になり、また話のながれが変わった。

おクマ婆さんとおトラ婆さんは、十年も前、相州屋が開業すると同時に寄子になり、いまなお相州屋の寄子宿に住みついている。新たに寄子になった者の世話をしながら、江戸での暮らしの心得を教えたりするのが、この二人の婆さんの役目のようになっている。

だから当然、友造のこともお仲のこともよく覚えている。仁左と伊佐治は友造とお仲の寄子時代は知らないが、商いに浜松町をまわったときなどに顔を合わせている。伊吉とおヨシなら、おなじ寄子として、きょうもさっき顔を合わせたばかりだ。

「ほう、それはよござんした」

仁左が喙《くち》を容《い》れ、

「ところで旦那」

と、話のながれが変わったところで、左平次なる男を三島から尾けた件に話題を誘導した。

「巧《たく》みな関所破りでやして……」

「なに？　関所破り！　名は左平次とな……」

忠吾郎は返し、話が進むにつれその表情は険しくなり、左平次なる男がおもての茶店で金杉橋の所在を訊いた段になるとお沙世が、

「えぇえ！　あの人。覚えています。きょうのことだもの。そういえば雰囲気がまともなお店者《たなもの》さんじゃなかった」

と、驚きの声を上げた。

しかもその者の行った先が、いましがたおクマとおトラが話題にした桜長屋とあっては、

「あれまあ。まさか関所破りの人が市助さんを見舞いに？」

「嫌だよう、凶状持ちかもしれない。立ち退きの嫌がらせだけでも恐いのに」

婆さん二人は口をそろえ、

「そうそう。伊吉さんとおヨシさん、あした寄子宿《こ　こ》を出るのなら、ちょいとお別れの声でもかけておかなきゃ」

と、急ぐように座を立ち、裏庭づたいに長屋へ戻った。陽は落ちていたが、まだ夕暮れの明るさは残っている。

関所破りは尋常ではない。二人とも危ないことには係《かか》り合《あ》いたくないのだ。だが、婆さん二人のもたらす町のうわさは、横丁の夫婦喧嘩《げんか》から辻斬りの出没など

と多岐《たき》にわたり、ときには忠吾郎の気を引き、仁左と伊佐治を動かすこともある。きょうの桜長屋の立ち退き騒ぎなどは、まさにそれであった。

部屋には忠吾郎に仁左、伊佐治、それにお沙世が残った。

年寄りの女中が部屋の行灯に火を入れに来た。

しばしの沈黙が過ぎ、

「うーむ」

忠吾郎が考えこむようなうなり声を洩らし、

「実はなあ、三人とも聞いてくれ、きょう染谷も同座して……」

と、昼間、浜久で榊原忠之と会った件を披露《ひろう》した。

「ええっ、その逃げた凶賊に左平次ってやつが！」

「じゃあ、あっしらが尾けたのは……」

仁左も伊佐治も、偶然の一致に驚きながら、尾けて来た左平次が蓑虫一味であることに、確信に近いものを持った。

〝娘攫《さら》い〟の悪徳僧侶・日啓《にっけい》を成敗したとき、深編笠の武士が北町奉行の榊原忠之で、いつも遊び人姿の染谷結之助が隠密廻り同心であり、しかも北町奉行が〝忠吾郎親分〟の実兄であることを仁左から打ち明けられたとき、伊佐治は仰天《ぎょうてん》

したものである。だがいまは、

「――親分がやりなさることだから」

と、役人嫌いの心情を抑《おさ》え、それを受け入れている。

忠吾郎は話しながら、忠之から要請された内容が〝雲をつかむような話〟であったのが、俄然《がぜん》、実体を持ったものへと変貌したのを覚《さと》った。

忠吾郎が忠之から言われた蓑虫一味の名を挙げたとき、

「わたし、盗賊に道を教えたことになるの？」

お沙世がいかにも深刻そうな口調で言った。

すかさず忠吾郎は応えた。

「いや、おまえも仁左どんや伊佐治とおなじように、やっこさんの面《つら》を見たことになる。奉行の言ったとおりだ。茶店は常に街道を見ている強みがある。そやつの面、よく覚えておいてくれ」

「は、はい」

お沙世は大きくうなずいた。こたびの件でもお沙世は忠吾郎から、戦力の一翼《いちよく》と見なされたのだ。

仁左も、左平次なる男が蓑虫の一味であるかもしれないことを話し、

「しかし、どうもわからねえ」

と、そこに生じる疑問を舌頭《ぜっとう》に乗せた。

「左平次は江戸へ紛れこむのに、なんであの界隈で名の知れた桜長屋などに。あそこの住人の市助まで、蓑虫の一味ということになりやすぜ。本物の蓑虫みてえに周囲に紛れて身を隠してえのなら、その奥の門前町に入りこめばいいものを。それに、おクマさんとおトラさんの話じゃ、あそこはいま立ち退きで揉《も》め事が起こっている。ますます周囲の耳目《じもく》を集めることになりやすぜ」

忠吾郎も同様の疑問を感じたのか、自分に言い聞かせるように言った。

「立ち退きの揉め事に、その左平次とやらが係り合っているのかどうかは、あしたわしが野田屋に行って確かめてみよう。おクマとおトラの話じゃ、船頭の市助というのが、立ち退きに最も抗《あらが》っているってえから、話がますますややこしい。あそこの土地も建物も野田屋だから、なにか判ることがあろうよ。まさか関兵衛旦那が友造とお仲の新居を建てるために、長屋の住人を立ち退かせようとしているとは思えねえ」

「そりゃあそうですよ。野田屋の関兵衛旦那がそんなことするはずありませんよ。たとえそうであっても、友造さんとお仲さんが承知しませんよ」

お沙世が怒ったように言った。お沙世は実家が浜久であれば、橋ひとつを隔てただけの野田屋をよく知っている。

「そのとおりだ」

忠吾郎は返し、

「そうだなあ。奉行にも知らせておかねばなるめえ。桜長屋は門前町じゃねえから、お上が係り合うことはできよう。もともと蓑虫を挙げるのは、奉行所の仕事なんだからなあ」

言うと小僧を呼び、提灯を持たせその場で呉服橋の北町奉行所へ走らせた。

さらに忠吾郎は、

「ふふふ。あそこの百年桜はいま枯れ木だ。目を凝《こ》らせば本物の蓑虫の幾匹かはぶら下がっていようよ。その下に、人間の蓑虫が紛れこんだかもしれねえか。こいつはおもしれえ」

「そんな、笑い事じゃありません。蓑虫一味だなんて、怖ろしい。その仲間がまだ、おもての街道を通って江戸へ入って来るかもわからないんでしょう」

お沙世が真剣な表情で言ったのへ、

「それをお沙世ちゃんに気をつけていてもらいてえってのが、お奉行さまからの頼みってことさ」

仁左が返し、伊佐治もうなずいていた。


翌日である。

おクマとおトラは、

「きょうはちょいと向こうへ」

と、浜松町を避けるように、逆方向の三田《みた》の寺町のほうへ行った。

忠吾郎は、

「きょうもわしが一緒に行こう」

と、きょうから野田屋の住込みの奉公となる伊吉とおヨシを連れて出かけた。

番頭の正之助は、

「どうしてそこまで。行くなら私が行きますのに」

と、首をかしげていた。目見得にも、奉公の日にもあるじが付き添う。伊吉やおヨシにすれば、

「相州屋の旦那《ここ》さま、なんと親切な」

「相州屋の寄子になってよかったあ」

ということになるが、いつもの口入れの際にはまずないことである。

ともかくこの役務は、正之助には任せられない。それを知っているのは、仁左と伊佐治とお沙世の三人だけである。忠吾郎は、絡《から》まった糸を解きほぐす話を、野田屋関兵衛から聞き出して来るだろう。

番頭の正之助に見送られ、一行が浜松町の野田屋に向かったすぐあとだった。

さっき伊吉とおヨシが、身のまわりの品を包んだ風呂敷包みを小脇に、皆に激励の言葉をかけられながら出て来た路地から、こんどは仁左と伊佐治が出て来た。路地の奥は相州屋の寄子宿の長屋である。

仁左は腰切半纏の職人姿で羅宇屋の道具箱を背負い、小柄な伊佐治は竹の足がついた天秤棒を担いでいる。

茶店の前でお沙世が待ち構えていた。

「気をつけてくださいね。おトラさんやおクマさんの話じゃや、桜長屋で商いをしようとする人々にまで嫌がらせがあるそうだから」

「ははは。それを誘い出すのが目的じゃねえか」

「そう。どんな面の野郎どもか確かめるためによ」

「んもう、ケガしたって知らないから」

お沙世は心配げに二人の背を見送った。

二人はきょう桜長屋で商いをし、そのあと忠吾郎と浜久で落ち合い、双方の成果を照らし合わせることになっている。忠吾郎は浜久できょうも忠之と会うのだが、

「――おめえらも同座しろ。向こうも染谷結之助が一緒だろうからなあ」

昨夜、相州屋の居間で忠吾郎は言ったものだ。

盗賊を捕えるのなど、まったく奉行所の役務である。

だが、兄の忠之から合力を依頼されているちょうどそのとき、仁左と伊佐治がその対象らしき人物を尾行し、すぐ前を通っていた。しかも寄子が世話になっている野田屋の桜長屋が、まだ得体のしれない動きの渦中《かちゅう》に置かれようとしている。

これらの偶然のような因縁が、忠吾郎を、

(傍観《ぼうかん》できねえ)

思いにさせていた。

その思いは仁左にも共通していた。

伊佐治も忠吾郎が忠之との席に同座するように言ったとき、

「――へん。役人嫌《ぎれ》えの俺がお役人に合力たあ因果なもんだぜ。ま、乗りかかった船だ。とことん乗らしてもらおうじゃねえか」

などと、返していた。

二人の足はいま、羅宇竹の音とともに忠吾郎たちのあとを追うように、浜松町に向かっている。忠吾郎たちはそろそろ金杉橋を渡り、野田屋の暖簾に声を入れるころであろう。

二　見えてきた裏側

一

野田屋では、相州屋忠吾郎がふたたび来たことに驚きを見せた。きょうから奉公の伊吉とおヨシを友造が引き受けると、あるじの関兵衛は、

「なにか大事な用件でも」

と、忠吾郎を奥の部屋に招き入れた。

もうすぐ友造と祝言《しゅうげん》を挙げるお仲が茶を運んで来た。時候のあいさつだけならお仲も話に加わろうが、なにやら緊迫した雰囲気《ふんいき》にすぐ退散した。

関兵衛と忠吾郎は端座の姿勢で向かい合っている。

（口入れの件だけではなさそうな）

関兵衛は、忠吾郎がそのなにかを切り出すのを待った。

忠吾郎は切り出した。

「聞きましたじゃ。野田屋さんでは困っていることがおありとか。相州屋《うち》の寄子《よりこ》がお世話になったからと言うんじゃありませんが、揉《も》め事の払拭《ふっしょく》になにかお役に立てることはないかと思いましてな」

「やはりお聞きになりましたか。裏の桜長屋でございましょう。その件には、友造に苦労をかけておりましてなあ」

「それも聞いております。いえ、友造からではございません。なにやら胡散臭《うさんくさ》い連中が絡《から》んで来ているとか。手前は仕事柄、いろいろな方面に知り人がおりましてなあ。話さえうかがえれば、相手がやくざ者であろうと武家であろうと、きっとお役に立てることがあると思うのですが。話してくださらんか」

問いながらも、忠吾郎は迷っていた。

(左平次なる男の件を話すかどうか)

である。話すとしてもそのまえに、桜長屋の状況を知っておかねばならない。

忠吾郎から凝《じ》っと見つめられた関兵衛は、

「いつもお世話になっている相州屋さんのことです。心配かけまいと黙っていたのですが」

と、話しはじめた。

やはり発端は、おクマとおトラが〝立《た》ち退《の》き〟と言っていたように、桜長屋の敷地の買収だった。

こたび申し込んで来たのは、武家だという。

「戸端《とばた》さまという、千二百石のお旗本です。一月《ひとつき》ばかりまえ、戸端家のご用人で鳴岡順史郎《なるおかじゅんしろう》さまと申される方が突然お越しになり、下屋敷を設《もう》けたいので、百年桜の空き地と桜長屋の土地を買いたいと。もちろん断りました。しかし鳴岡さまは三日にあげずおいでになり、強硬に売却を迫られ……それからなのです。得体の知れない与太《よた》どもが長屋の住人に嫌がらせを始めたのは」

「鳴岡家に雇われたやくざ者ですかい」

「そうとしか考えられません。境の道向こうの連中です。どの店頭《たながしら》の配下か、およそ判りますが……。困った人たちです」

「うーむ」

それを見極めるため、いま仁左と伊佐治が桜長屋に出向いていることは伏せ、

「住人のお人らはどうされています。生きのいい若い住人が与太どもに喰ってか

かり、ひどい目に遭《あ》わされたとか聞きましたが」

「はい、市助です。一年ほど前に大坂から来て長屋の店子《たなこ》になりましてな」

その言葉に忠吾郎は、秘かにうなずくものがあった。市助なる若い者が桜長屋に入ったのと、大坂で蓑虫一味が捕縛され獄門になった時期が一致している。捕縛を免《まぬか》れた一人が、そのまま江戸まで逃げて来たとみても不思議はない。そこへまた、左平次というお仲間が合流した……。忠吾郎は秘かに脳裡《のうり》を巡らした。

それにはお構いなく、関兵衛はつづけた。

「市助どんはいい若者ですわい。ほれ、金杉橋たもとの船宿《ふなやど》磯幸の船頭をしておりましてな」

磯幸なら忠吾郎も知っている。浜久のすぐ近くである。

関兵衛は言う。

「若いのにいい腕をしているらしい。なんでも大坂で荷舟の船頭をしていたとかで。江戸へ出て来たのは箔《はく》をつけ、金も貯めて大坂に帰り、自分の舟を持ってひと旗あげたいからと言っておりましてなあ」

「ほう。それは感心な」

「そう、感心な若者ですわい。その市助が、なまじ腕《うで》っ節《ぷし》が強いものだから、嫌がらせの与太どもと喧嘩《けんか》になり、住人の知らせで友造が飛んで行き、まあ、なんとか収まりがついたのですが。その市助が私に長屋を売らないでくれ、壊さないでくれと、住人の束《たば》ねになって申し入れて来ましてな。もとより私はそのつもりですじゃ。したが、これからどうなることやら。ともかく市助には与太と喧嘩はしないように、と言っているのですが」

「奉行所に訴《うった》えれば」

「もちろんそれも考えましたよ、真剣に。したが、相手はお武家です。嫌がらせの与太どもも道向こうの連中なら、お奉行所もおいそれと介入してくれませんのですじゃ」

「ふむ」

　忠吾郎はうなずいた。

　実兄の忠之から依頼されたのは、札ノ辻界隈《かいわい》で蓑虫一味に注意することであった。ところが〝雲をつかむ〟話だったのが具体性を帯びて来ると、奉行所の手に負えぬ内容へ徐々に変化していくように思えるのだ。

(兄者《あにじゃ》はそれを見越しておったのか)

　皮肉ではないが、忠吾郎の脳裡をよぎった。

戸端家千二百石の当主は宗衛《そうえ》といい、屋敷は江戸城外濠《そとぼり》の溜池《ためいけ》と愛宕山《あたごやま》のあいだの武家地にあるらしい。それを聞いたとき、忠吾郎はうなずいた。夜鷹《よたか》殺しの元凶となった、あの堀川右京《ほりかわうきょう》の屋敷とおなじ武家地ではないか。増上寺からは愛宕山の向こう側になり、さほど離れていない。浜松町は下屋敷を設けるのに手ごろな地となろうか。長屋を取り潰《つぶ》し、百年桜を庭とすれば、屋敷内で花見の宴も開けて高禄《こうろく》旗本の面目躍如たるものがあろう。

忠吾郎は言った。

「野田屋さん。お一人で悩むことはありませんよ。さいわい相州屋の寄子宿《よりこやど》には耳役《みみやく》もおれば、手足になってくれる者もおります。なんとかお力になれるかもしれやせん」

「ああ、あの蠟燭《ろうそく》買いと付木《つけぎ》売りの婆《ばあ》さんたちに、羅宇屋《らうや》さんと竹馬《たけうま》の古着屋さんですね。この辺りにもよく来ます」

「まあ、そうですが、贔屓《ひいき》にしてやってください」

「それはもう」

「ともかく友造どんとお仲の祝言までには、お店《たな》になんの揉め事もないようにしておきましょう。そうそう、日取りをまだ聞いておりませんでしたが」

祝言の日取りの話が出ると、関兵衛は困惑の表情になった。

忠吾郎は察した。

野田屋はいま桜長屋の問題を抱えている。そのようななかで、おいそれと奉公人の祝言の日取りなど決められない……。

「なあに、早く日取りを決められるよう、なんとか合力《ごうりき》させてもらいますよ」

言うと忠吾郎は腰を上げた。

「ほんとうに大丈夫でしょうか」

関兵衛は帰り支度をする忠吾郎に、縋《すが》るような視線を向けた。

「なあに、なんとかなりまさあね」

忠吾郎は伝法《でんぽう》な言葉で請《う》け合《あ》った。

だが、詳細がわからない。関兵衛にもわからないだろう。忠吾郎は、蓑虫一味の件は話さなかった。それはまだ、北町奉行と相州屋の、私的に交《か》わされた極秘事項なのだ。

このあと忠吾郎は金杉橋を戻り、浜久の奥の部屋で仁左と伊佐治から桜長屋のようすを聞き、そのあと兄者の榊原忠之と会うことになっている。そこでかなりの状況を知ることができるだろう。

二

忠吾郎が野田屋の奥の部屋へ案内されてからすぐだった。仁左と伊佐治は街道から浜松町四丁目の町中《まちなか》を経《へ》て、中門前との境《さかい》の往還《おうかん》に出ていた。

「さあ、ここだぜ」

「おう」

と、仁左は背の道具箱にカシャリと音を立て、伊佐治は天秤棒《てんびんぼう》を肩からはずして竹の足を地に立てた。

桜長屋のわき、百年桜の木の下である。

二人はここへ来るまで、

「――蛇《じゃ》が出るか蛇《へび》が出るか、見物《みもの》だぜ」

「――ふふふ、箱根の左平次が出て来ても、よもや俺たちに気づくことはあるめえよ」

などと話していた。

きょうは商《あきな》いに見せかけた物見《ものみ》である。目的は嫌がらせの与太どもがどこから出て来るか、左平次がまだ桜長屋にいるのか、若い船頭の市助といかなる係《かか》り合《あ》いがあるのか、それらを探ることである。その成果を忠吾郎が浜久で待つことになっている。野田屋を助けるためだけではない。それらのうしろに、一家皆殺しを常とする凶賊・蓑虫一味の影が見えてくるだろう。北町奉行の榊原忠之の期待もそこにあるはずだ。

陽《ひ》は東の空に、まだ高くなっていない時分である。

「へい、竹馬の古着売りが参りやしたでございます」

伊佐治が触売《ふれうり》の声を長屋のほうへ投げれば仁左は、

「きせーるそーじ、いたーしやしょう」

と、その路地へ向かった。長屋の路地を触売の声と背の道具箱の音とともに奥まで入り、帰りに市助の部屋を覗《のぞ》く算段だ。

仁左と伊佐治が二声三声、ながしたときである。境の往還から遊び人風の男が三人、

「おうおう兄さんがたよう。そこで商いをしても無駄だぜ」

「ここのお人ら、引っ越しの用意で煙草《たばこ》や古着どころじゃねえんでなあ」

「そう、家財のまとめ買いなら用はありそうだがな」

などと言いながら、一人は仁左の前に立ちふさがり、あと二人は古着の竹馬を挟《はさ》むように立った。いずれも雪駄《せった》をつま先で引っかけるように履き、腰には脇差《わきざし》を帯び、単《ひとえ》の着物の腕をまくり裾《すそ》をちょいとつまんでいる。いかにも地まわりのやくざ者といった風体《ふうてい》である。

三人が三人ともおなじ格好をつけているのが、仁左にも伊佐治にも滑稽《こっけい》に見えた。二人はこれを待っていたのだ。

(それにしても早《はえ》えなあ)

が、二人の感想である。

これがどこにでもいるやくざ者の地まわりなら、

『誰に断ってここで商売やってんだ』

と、お決まりの文句を浴びせるところだろうが、三人の口上は違った。お節介がましい言いがかりをつけるもの言いだ。

早くもそこに仁左は、作為的なものを感じ取った。すなわち、縄張内《しまうち》の地まわりではない。おそらくこやつらは、束ねになっている者から、言葉に気をつけろと言われているのだろう。

伊佐治は、

「なんでえ、おめえら。大きなお世話だぜ」

喰ってかかり、

「へへん、兄さん。小せえくせして威勢がいいじゃねえか」

「親切に言ってやってんだぜ。この長屋じゃ商売になんねえってなあ。場所を変えねえ」

やくざ者との応酬《やりとり》をはじめた。

境の道一筋にも往来人はある。行商人も通る。足早に立ち去る者、立ち止まって見守る者、さまざまである。

長屋からもおかみさんたちが三、四人出て来て、こわごわと見ている。

「なにい！　小せえくせしてとはなんでえ。山椒《さんしょ》は小粒でもぴりりと辛いぜ」

伊佐治の言い返しに二人のやくざ者はさらに返す。

「ほう、ますます威勢のいい兄さんだぜ」

「悪いことは言わねえ。他所《よそ》へ行きねえ。案内してやってもいいぜ」

と、やくざ者たちは、いささか手加減しているような口調である。本来ならこのあたりで竹馬の足を蹴り飛ばし、古着をあたりに散乱させるはずである。そのまえに行商人のほうが土地のやくざとのいざこざを恐れ、そそくさと立ち去るものだ。伊佐治とやくざ者二人の応酬は、そのどちらでもない。

仁左も、目の前に立ちふさがった男に浴びせた。

「この長屋にお得意さんがいなさるんでえ。さあ、道を開けてもらおうかい」

「わからんお人だなあ。この長屋じゃ商売になんねえと教えてやってんだぜ」

やくざ者は返す。ほお骨の張った、ひと癖《くせ》ありそうな面構《つらがま》えの男だった。あくまで嫌がらせをしても喧嘩は避けようとしている。

長屋の路地に出ていたおかみさんから声が飛んだ。

「なに言ってんだい。あたしら、古着も買うし亭主の煙管《きせる》だってありますよう」

「そうよ、魚も野菜も買いますよ。あんたら、じゃましないでおくれよう」

もう一人のおかみさんがつづけた。

「なにいっ」

やくざ者はふり返り、

「おめえら、まだ長屋《ここ》にいやがったのかい」

と、声のほうへ数歩踏み出た。おかみさんたちは蒼《あお》ざめ、数歩さがった。その背後に、腰高障子《こしだかしょうじ》を勢いよく引き開ける音が聞こえた。市助の部屋だ。飛び出て来た。薪雑棒《まきざっぽう》を手にしている。

「おめえらあ、また来やがったかい」

路地を走りやくざ者に飛びかかろうとする。まるで市助のほうから挑発しているように見える。

「おめえこそ、またっ」

やくざ者は身構えた。

「きゃーっ」

往還から見ていた野次馬から女の悲鳴が上がり、

「あ、市助さん、またっ」

「やめておくれよっ」

長屋のおかみさんたちは叫ぶ。

伊佐治と言い合っていた二人も、

「あの野郎、性懲《しょうこ》りもなくっ」

と、そのほうに向かった。

身構えたやくざ者は飛びかかって来た市助の薪雑棒を、腰から鞘《さや》ごと引き抜いた脇差で払った。

たたらを踏んだ市助は身構え、

「くそーっ。てめえらの好きなようにはさせねえぞ」

さすがは船頭で身の均衡《きんこう》をとるのがうまい。

「よしておくれよっ」

「こいつらにゃかなわないようっ」

さきほどのおかみさん二人が市助にしがみついた。

駈《か》けて来たやくざ者二人が、

「野郎、また痛い目に遭いてえかいっ」

「よしなせえ！」

市助に素手で飛びかかろうとしたのへ、仁左が背の道具箱に音を立てて割って入った。

「うわあっ」

仁左ははね飛ばされ、道具箱にひときわ大きな音を立て地に尻もちをついた。

また野次馬たちから悲鳴が上がる。

仁左ははね飛ばされたものの、やくざ者二人が市助に飛びかかるのは防いだ。

やくざ者二人を追うように走り寄った伊佐治が、

「大丈夫かい」

尻もちの仁左を引き起こした。

起き上がると仁左は、

「わ、わかったよ、兄さんがた。俺たちがここを引き揚げりゃあ、文句はねえんだろう」

「そうだ。余計な手間をとらすない」

鞘で薪雑棒を防いだ男が言った。男のとっさの身のこなしは、なかなかのものだった。

（こやつ、喧嘩慣れしてやがる）

仁左は看《み》て取った。それにこの三人のやくざ者たちに、見覚えがある。門前町に入ったとき、ときおり見かける顔だ。いずれかの店頭の若い衆だろうが、少なくとも裏仲の弥之市の配下ではない。弥之市の配下なら、夜鷹殺しのときに合力しており、若い衆たちの顔は一人ひとり知っている。

なおも喰ってかかろうとする市助におかみさん二人がしがみつき、

「市助さん、だめだようっ」

「市どん、挑発に乗るなっ」

年寄りの住人が押しとどめ、

「くそーっ。あいつら、許せねえっ」

市助はもがいている。

それらを無視するように、薪雑棒を払いのけた男が、

「羅宇屋の兄さんよう。おめえ、ときおりこの界隈にも来ている面だが、この長屋にはもう来ねえほうがいいぜ。わかったらさっさと帰《けえ》んな」

「すまねえ、船頭さん。また来らあ」

「へん。もう来なくっていいんだぜ、ここはよう」

市助に飛びかかろうとしていた男が言った。

仁左は長屋に背を向け、伊佐治は竹馬に戻って天秤棒に肩を入れた。

長屋の住人から声が洩《も》れた。

「羅宇屋さん……」

「古着屋さんも……」

明らかに仁左と伊佐治に対する非難の声だった。

それらを背に仁左と伊佐治はすごすごと、境の往還を古川の土手道のほうへ向かった。

仁左は長屋の前で向きを変えるとき、左平次が長屋の路地に出ているのを視界

に収めた。みょうだ。市助に加勢するでも引きとめるでもなく、ただその背を見つめているだけだった。伊佐治の位置からは、それが見えなかったようだ。

背後にやくざ者たちの声が聞こえた。

「へん、見たかい。ここにはもう八百屋も魚屋も、どんな行商も来ねえんだぜ」

「おめえら、住みにくかろうよ。早《はえ》えとこ引っ越しちまいな」

市助を含め、長屋の住人たちは歯ぎしりしていることだろう。

野次馬たちは、ある者はホッとしたように、ある者は期待が外れがっかりしたように、三々五々に散った。

知らせる者がいて、友造が駈けつけたのは、すべてが収まったあとだった。

長屋の住人は友造に詰め寄った。友造はくり返した。

「心配しないでください。野田屋の旦那《だんな》さまは、決して桜長屋を手放すようなことはしません！」

仁左と伊佐治は古川の土手道を金杉橋に向かった。二人とも無口だった。水音に、仁左の道具箱の音が重なっている。

その二人に、うしろから走って来て声をかける者がいた。

ふり返ると、弥之市一家の代貸《だいがし》の辛三郎《しんざぶろう》だった。若い衆を一人連れている。

「おう、これは辛三郎さん。見てなすったかい」

「へえ、一部始終を。よう辛抱《しんぼう》してくだすった。伊佐治どんも」

仁左が訊《き》き、辛三郎が応えたのへ伊佐治が、

「いやあ、恥ずかしいところを見られちまった。これにはちょいと理由《わけ》があってよ」

「やはり」

辛三郎は得心したようにうなずき、

「ともかく兄イたちがあそこでやつらと喧嘩でもおっぱじめれば、場所は向こうの浜松町四丁目だ。もう、どうしようかとハラハラしていたのさ」

桜長屋と道一筋を挟み向かい合っているのは、中門前三丁目を仕切る裏仲の弥之市一家なのだ。目の前で見知った仁左と伊佐治が、弥之市一家ではないやくざ者たちと喧嘩などを起こせば、指をくわえて見ていることはできないだろう。それを辛三郎は恐れていたのだ。仁左と伊佐治が引き下がったとき、ホッとした表情になったのは、野次馬よりも弥之市一家の面々だった。

辛三郎はつづけた。

「やつら、中門前二丁目の権之助《ごんのすけ》一家の若い衆たちだぜ。仁左どんの前《めえ》に立ってやがった、ほお骨の張った野郎が庄七《しょうしち》ってぬかす、代貸でさあ」

「それはいいことを聞いた。どうもひと癖ありそうな野郎だと思ったぜ」

さらに辛三郎は、

「桜長屋のあの騒ぎ、実は俺たちもちょっとばかし知るところがあるんでさあ」

「そりゃ、どういうことでえ」

応えながら、仁左はその時ふっと視界に入ったものに目を奪われた。

ついさっき、長屋の路地で騒ぎを傍観していた左平次が、市助とは別の小男と連れ立って歩いていく後ろ姿が辛三郎の肩越しに見えたのだ。

辛三郎も仁左の視線に気づいて振り返ると、

「ああ、あの小さい方は野鼠《のねずみ》の吾平《ごへい》でさあ。もう一方は知らないが」

「辛三郎さんの知り人ですかい？」

「知ってるもなにも、桜長屋の嫌がらせにあいつも一枚嚙んでるようなもんですぜ」

左平次と一緒にいたということは、あの小男も蓑虫の一味の可能性がある。

辛三郎たちの持っている情報は、桜長屋のことだけでなく、左平次や蓑虫の一味についても進展をもたらすかもしれない。仁左は内心いろめきだったが、さらなる話を聞くなら場を改めた方がいいと思い直した。

「こいつぁ辛三郎さん、どうやら弥之市親分と相州屋の旦那とで、また一献《いっこん》かたむけてもらうことになりそうだ。きょうのところはさきを急ぐんで。近いうちにつなぎをとらしてもらわぁ」

「そう、そういうことなんだ」

伊佐治も付け加えるように言った。

「そうかい、待ってるぜ。うちの親分にそう言っとかぁ。相州屋さんが知恵を貸してくださるんなら心強《こころづ》えや」

辛三郎は二人を交互に見て言った。

夜鷹殺しのとき、相州屋は仁左と伊佐治を擁《よう》し、その仕事ぶりは弥之市一家の者をうならせたものだった。それが生きているのだろう。

双方は互いに期待を寄せ合うように別れた。

仁左と伊佐治は、すぐさま左平次と吾平の行く手を追ったが、どこかの路地に入ったか、姿は見えなくなっていた。仕方なく、二人は土手から金杉橋に上がった。すぐそこに浜久の暖簾《のれん》が風に揺れている。まだ午前《ひるまえ》で、客は奥の部屋に忠吾郎と榊原忠之、染谷結之助の三人のみであろう。

三

忠吾郎が野田屋関兵衛との話を終え、浜久の暖簾をくぐると、玄関で迎えた女将《おかみ》のお甲がそっと言った。

「いつもの脇差さんがさっきお見えになり、深編笠《ふかあみがさ》の旦那は、きょうは所用で来られず、都合のつく日ができたら連絡するから、と」

染谷が来て、忠之はきょう時間が取れないというのだ。脇差の染谷は玄関で女将にそれだけ言うと、忙しそうに帰ったそうだ。仲居がすぐ横にいるのをはばかって、お甲はそのような言い方をしたのだろう。

無理もない。相手は北町奉行なのだ。いつでもお忍びの都合がつくわけではない。お店《たな》のあるじの忠吾郎とは異なる。

忠吾郎と忠之が浜久で会うのは、いつもなら昼の書き入れ時が終わり、どこの料亭やめし屋も夕《ゆうべ》の仕込みに入るまで、ホッと息をつけるひとときである。この時間帯なら、浜久でも一番奥の部屋を用意し、手前を空き部屋にしてもそう営業に差し支えることはない。だがきょうは、午前《ひるまえ》だった。

女将のお甲は忠吾郎に言った。

「どうなさいますか」

上がるかどうか訊いている。

忠之は来なくても、仁左と伊佐治が来る。

「とりあえず、ひと部屋だけでいい」

忠吾郎は言ったが、女将はいつものとおりふた部屋を用意した。

部屋に入ると、

「きょうは仁左どんと伊佐治だけだ。昼の書き入れ時には引き揚げるが、無理することはないぞ」

忠吾郎は女将に言った。

となりの部屋との仕切は壁ではなく、ふすまである。声が小さければ、内容までは意図的にふすまに聞き耳を立てない限り、聞き取れない。だが、用心は必要だ。

待つほどのことはなかった。忠吾郎が部屋に腰を据え、

（かえっていいかもしれぬ。兄者にはもうすこし探りを入れてからにしても遅くはあるまい）

などと思っているところへ、

「さあ、こちらへ。旦那はもうおいでですよ」

女将の声が聞こえ、複数の足音がふすまの前で止まった。

「ふむ」

と、仁左は、手前の部屋のふすまが開いたままになっているのを確認した。

部屋に入った。

「えっ、おいでにならねえので？」

「ああ、向こうさんは忙しいようでなあ。染どんがここへ知らせに来たらしい」

仁左が言ったのへ忠吾郎が返し、伊佐治も言った。

「へん、呉服橋の大旦那もいい気なもんだぜ。こたびの件は向こうから合力を求めて来たんじゃねえのですかい」

やはり伊佐治は、まだお上《かみ》への反発はあるようだ。

「まあ、そう言うねえ。なにしろ向こうさんは、自儘《じまま》に出歩けねえ稼業のお人だからなあ」

仁左は奉行を擁護《ようご》するように言った。

言いながら二人は忠吾郎の前にあぐらを組み、さっそく桜長屋での話と、左平次が野鼠の吾平なる男と連れ立って歩いていたことをかわるがわるに話した。

途中、話が中断したのは仲居が膳《ぜん》を運んで来たときだけだった。

「ふむ、なるほど」

と、うなずきながら忠吾郎は聞き入っている。

やくざ者たちは、行商の二人には抑《おさ》え気味だったが、長屋の住人には乱暴も辞さない構えであったことに、忠吾郎は得心したようなうなずきを見せた。

番頭の友造が駈けつけたとき、忠吾郎はまだ奥の部屋で関兵衛と話しこんでいる時分だったが、なにぶん裏手のことで気がつかなかったようだ。

嫌がらせをしているのが中門前二丁目の権之助一家の者だったことには、

「やはりなあ」

と、達磨《だるま》顔の太い眉《まゆ》をひそめ、

「きょう呉服橋が来ねえのは、けえってよかったかもしれねえ」

言うなり手を打って女将のお甲を呼んだ。

「中門前三丁目に誰か走らせ、弥之市どんを呼んでくれんか」

頼んだのだ。

これには仁左も伊佐治も驚いた。さっき仁左が辛三郎に〝近いうちに〟と言ったばかりなのだ。土手道で別れてまだ半刻（およそ一時間）も経っていない。

桜長屋で仁左と伊佐治が権之助一家の若い衆とひと悶着《もんちゃく》起こしそうになった話は、すでに弥之市の耳にも入っているだろう。それにしても、こうも早くその時が来ようとは、仁左と伊佐治はむろん、辛三郎も予想していなかった。

下足番《げそくばん》の男衆《おとこし》が中門前三丁目に走り、戻って来た。親分の弥之市と代貸の辛三郎も一緒だった。二人は不意に来た浜久の男衆から口上を聞くなり、雪駄をつっかけた。これも桜長屋をめぐる権之助一家の動きに、弥之市一家が困惑していることを示している。

まだ午前のうちである。

部屋は五人となり、自然と忠吾郎と弥之市が向かい合い、それぞれのすこしうしろに仁左と伊佐治、それに辛三郎が座った。いずれもあぐら居になっている。座の堅苦しさはない。達磨顔の忠吾郎に対し、弥之市の人のよさそうな丸顔も、座の空気をやわらげていた。弥之市にはそのような雰囲気がある。

双方ともこたびの揉め事が、桜長屋と百年桜の敷地を旗本の戸端家が野田屋から買取ろうとしていることが発端であることを知っている。

もっとも忠吾郎はそれをきょう知ったばかりだが、共通の前知識があれば、話は早かった。

「その話はよう、最初はうちにあったんでさあ」

丸顔の弥之市は言った。辛三郎がうなずいている。

「なんだって！」

声を上げたのは仁左だった。桜長屋の住人を追い出すため、嫌がらせをする仕事である。

「どういうことだえ」

忠吾郎は弥之市を凝視した。

弥之市は応えた。柔和な丸顔が険《けわ》しくなっている。

「一月《ひとつき》ほど前《めえ》だった。戸端さまってぇお旗本のご用人さんが来なすって、そう、名は鳴岡順史郎さまっていっていた」

戸端家も鳴岡順史郎も、野田屋関兵衛から聞いたとおりの名である。忠吾郎は弥之市の話に飾りはないと信じた。仁左と伊佐治も同様である。三人は丸顔の弥之市を、喰い入るように見つめた。

話はつづいた。

「下屋敷を道一本向こうの桜長屋に設けたいのだが、ちょいと難航しおって、手を借りたい、と。なにが難航しているのか、すぐにわかりやしたよ。あそこは百年桜の花見の名所であるばかりか、ぼろ長屋でも住人がいまさあ。野田屋の旦那がおいそれと売るはずありませんや」

まったく野田屋関兵衛の話と一致している。

「ま、よくあることでさあ。住人のいる土地の売買で揉め事の一つとなるのは、そこの住人をどう立ち退かすかだ。へへ、俺たちの稼業じゃ、そこにひと役買えばけっこうな実入《みい》りになりまさあ。それをまあ、戸端家のご用人さんがうちへ持って来たって寸法でさあ」

「親分、あやつの話も」

斜《なな》めうしろでしきりにうなずいていた辛三郎が、補足するように言った。

「そうそう、それがあった。あやつのことならおめえのほうが詳しいだろう。おめえから話して差し上げろ」

「へい」

辛三郎は弥之市に言われ、話しはじめた。

「みょうな男が鳴岡順史郎なる戸端家の用人にくっついていやがったのでさあ。それが、いましがた桜長屋の近くにいた野鼠の吾平とかいう二つ名の野郎でした。三月《みつき》ほど前《めえ》でやした。あっしらの中門前三丁目の木賃宿《きちんやど》にふらりと入りやして、胡散臭そうな野郎でして。へえ、その、あっしらと同業かと思いやして、気をつけておりやした。それがけっこうぶらぶらと長逗留《ながとうりゅう》しやして、当然顔見知りにもなって話も幾度《いくど》かしやしたが、どうも得体の知れねえやつで。判ったのは当人の名乗る二つ名と上方《かみがた》なまりがあることだけでやした」

木賃宿とは、素泊まりで簡易というより粗末《そまつ》な造作の宿屋である。深夜でも玄関が閉じられることはなく、客はいつでも出入りができ、薪だけを買って自炊する。だから木賃宿といった。行商人や無宿者などがよく利用し、そこから道普請《みちぶしん》などの日傭取《ひようとり》に出ている者もいる。宿帳などはなく、あってもまともに書く者はいない。こうした木賃宿は無宿者はむろん、ながしの盗賊や掏摸《すり》どもが足溜《あしだま》りに使うこともよくあった。

「それが一月《ひとつき》ばかりでぷいといなくなりやして。それからまた一月ほどを経やして、つまりいまから一月前、鳴岡順史郎ってえ戸端家のご用人さんがおいでなすったとき、野郎も一緒だったのでさあ。驚きやしたよ。野鼠の吾平の野郎、紺看《こんかん》板《ばん》に梵天帯《ぼんてんおび》の中間《ちゅうげん》姿でへらへらしてやがったのでさあ。聞けば三丁目《こ》の木賃宿を出たあと、どんな手づるがあったのか知りやせんが、戸端屋敷の中間部屋で世話になっているなどとぬかしやがるので」

辛三郎の言いようは、野鼠の吾平にあまりいい印象を持っていないようだ。

そのままつづけた。

「ご用人さんの用件は、さっき親分が言ったとおり、あっしらにはけっこうおいしい仕事の依頼でやした。そうした仕事にゃあ、あっしらのような稼業の者が適任だということは、吾平の野郎が戸端家に吹きこんだに違《ちげ》えありやせんや。しかも、標的の桜長屋は三丁目《うち》とは道一本隔《へだ》てただけのお向かいでやすから。その意味でも吾平とご用人さんは、あっしら弥之市一家が最も便利と踏みやがったのでやしょうねえ」

「ふむ」

忠吾郎はうなずき、問いを入れた。一般的な発想からである。

「そんなおいしい仕事、なんでおとなりの権之助一家に取られちまったのだい」

「相州屋の旦那！　見くびっちゃいけやせんぜ」

「そうでさあ」

いきなり言い返したのは弥之市だった。代貸の辛三郎もそれにつづいた。二人とも険しい表情になっている。

この反応には、仁左も伊佐治もいささか驚いた。二人とも、弥之市一家に対して似たような疑問を抱《いだ》いたのだ。

弥之市は言った。

「仁左どんも伊佐どんも、よく聞いてくだせえ。俺たちゃあなあ、増上寺さんのご門前で店頭を張らしてもらっている人間なんだ。店頭の仁義ってのはなあ、ご門前の縄張内の揉め事にゃあ体を張ってでも収めまさあ。だけどなあ、堅気《かたぎ》の町場にゃあ絶対に手は出さねえ。その代わり、堅気の町のお人らが俺たちの縄張内に手を出すのも絶対に許さねえ。たとえお役人であってもだ」

声が大きくなった。さいわい、昼の書き入れ時はまだで、となりの部屋は客が入っていない。

まくし立てるように、弥之市の言葉はつづいた。

「桜長屋は道一筋といえど、堅気の町場でさあ。誰に頼まれようが、そこの住人に俺たちが手を出せやすかい。断ったんでさあ、戸端屋敷の申し入れをさあ。すると鳴岡順史郎と吾平の野郎め、話をとなりの権之助一家に持って行きやがった。驚きじゃねえか。権之助一家め、金に目がくらんだか、受けやがったぜ。それからでさあ、権之助一家が領分を越えて桜長屋のお人らに手を出しはじめたのは」

忠吾郎はまた、弥之市を試すような問いを入れた。

「だったら、なぜ権之助一家の狼藉《ろうぜき》を止めねえんだ。おめえさんらの目の前じゃねえか」

「相州屋さん、あんたやっぱり俺たちの仁義を解《わか》っちゃいねえ」

「ふむ」

弥之市の言ったのへ、忠吾郎はうなずいた。

弥之市はつづけた。

「増上寺のご門前にゃなあ、片門前と中門前に六人の店頭が立っていまさあ。互いに互いの縄張を侵《おか》さねえってのも、店頭の仁義でござんすよ。それで増上寺さんのご門前は平穏が保たれているのでさあ。ここであっしらが権之助一家の動きを抑えようとしてみなせえ。どんな抗争に膨《ふく》れ上がるかわからねえ。他の店頭の兄弟《きょうでえ》たちにも、迷惑をかけることになりまさあ」

「それだからで。いましがた桜長屋に行きなすった仁左どんと伊佐どんが、熱《いき》り立つことなく退いてくれたのに、あっしはホッとしたんでさあ」

　辛三郎がつないだ。

　忠吾郎が言った。

「すまねえ。おめえさん方の仁義を知らねえわけじゃねえ。ちょいと訊いただけだ。これで権之助一家と旗本の鳴岡家の理不尽《りふじん》さが、ますます解りやした。及ばずながら、相州屋もこたびの揉め事に係り合わせてもらおうじゃないか」

　忠吾郎は弥之市と辛三郎の心意気に、人宿《ひとやど》の亭主というより、十年前までの小田原で一家を張っていたころの感覚に戻ったようだ。仁左はそれを感じ取り、伊佐治は目を輝かせていた。

　弥之市は落ち着いたか、声が正常に戻った。

「まあ、そういうわけで、この揉め事に相州屋さんが乗り出してくれるってんなら、願ってもねえことだ。そうそう、鳴岡ってえ旗本のお屋敷を聞くと、ほれ、愛宕山向こうの、夜鷹殺しの堀川屋敷とおなじところじゃねえですかい。驚きやしたぜ。これもなにかのご縁かもしれねえ」

「ふふふ、それはわしも感じたぜ。ともかく、どこまでできるかわからねえが、やってみようじゃねえか。きょう仁左どんと伊佐治が桜長屋へ行ったのも、嫌がらせをしている野郎がどこのやつらか、またどの程度かを見るためだったのだ」

「あ、それで仁左どんも伊佐どんも、我慢してなすったんでやすねえ。夜鷹殺しのときの活躍からすりゃあ、驚くほどおとなしい対応でやしたから」

「そのとおりで」

辛三郎が言ったのへ、伊佐治がわが意を得たりといった顔つきで返し、仁左がつづけた。

「やつらめ、俺たちにはどうやら遠慮しているらしいのを感じたが、それがご門前の縄張内じゃなく、堅気の町場だったからということもわかりやした」

内容の特殊性から、いずれも抑え気味の声になっている。

「ともかく旗本家が桜長屋の土地を買い取ろうとしているのは、たとえ縄張の目と鼻の先とはいえ、境の道一筋を隔てている以上、俺たちとなんの係り合いもねえことでござんす。だから、権之助一家がそこに手をつけているのは許せねえ」

きょうの締めくくりになろうか、弥之市が腹から絞《しぼ》り出すような低い声で言ったとき、

「開けてよございましょうか」

ふすま越しに廊下から女将の声が聞こえた。

急いでいる口調だった。

陽はすでに中天にかかっていた。

四

忠吾郎の返事とともにふすまが開き、女将がつつと部屋の中に入り、端座のまま上体をねじってふすまを閉めた。みょうだ。膳の用件ならふすまを開けただけで廊下から話せばよい。わざわざ部屋の中に入って、しかも他をはばかるようにふすままで閉めるとは……。部屋の一同は女将に視線を集中させ、座に軽い緊張がながれた。

女将は言った。小声だった。

「いま、中門前二丁目の若い衆が一人見え、いまから権之助親分たち四人が行くから、部屋を取っておいてくれ、と」

「なんだって！」

「しーっ」

弥之市が思わず声を上げ、忠吾郎が即座に叱声《しっせい》をかぶせた。

女将はつづけた。

「いま空いている部屋はとなりだけなんです。よろしいでしょうか」

「えぇえ！」

声を上げたのは辛三郎だった。

また忠吾郎が叱声をかぶせ、仁左と伊佐治は顔を見合わせた。

女将は夜鷹殺しのときの相州屋と弥之市一家の連携を知っている。浜久もそのとき、足溜りとして合力しているのだ。それに、いま浜松町四丁目の桜長屋でいざこざが起き、そこに権之助一家が係り合っていることも、すぐ近くだから話には聞いていよう。となれば、きょう忠吾郎がいきなり弥之市を呼んだのも、話を聞かなくても目的はおよそ見当がつく。女将は気を利かせ、忠吾郎たちに権之助たちの来ることを知らせたのだ。それも、となりの部屋である。上げなければ、かえってひと悶着起きるだろう。

「よく来るのか」

「いいえ、きょうが初めてです」

「となりへ入れろ。鄭重《ていちょう》にな。わしらはころあいを見計らって帰る」

と、この場を忠吾郎は仕切った。

いますぐ出るのは危ない。玄関でばったり会わないとも限らない。さっき仁左と伊佐治が権之助一家の連中と揉めようとしたばかりだ。それがいま弥之市一家と親しく酌《く》み交《か》わし、相州屋忠吾郎も一緒だったとなれば、権之助一家はさまざまに勘《かん》ぐり、向後の策に支障を来《きた》すことになるかもしれない。町場をながす行商人が、料亭で中食《ちゅうじき》をとるだけでも奇異なことなのだ。

逆にここから聞き耳を立てるのも一興《いっきょう》ではある。だが仕切がふすま一枚では、かえって気づかれる危険がある。相州屋の桜長屋の一件への係り合いは、いま始まったばかりである。ここは覚《さと》られぬように、三十六計を決めこむのが一番であろう。どんな顔ぶれでいかような話であったかは、あとで女将に聞けば判ることである。

すぐだった。

「これは二丁目の親分さん。よくおいでくださいました」

廊下から女将の大きな声が聞こえた。忠吾郎たちに聞こえるように、わざと大きな声を出しているようだ。

あとは膳を運ぶ仲居が幾度か出入りし、もう廊下側のふすまが開けられる危険がなくなると、女将がそっと忠吾郎たちの部屋のふすまを開け、目配せした。部屋の五人はきわめて普通の足取りで、権之助たちの部屋の前を過ぎた。中はなにやら談笑している雰囲気だった。

女将の計らいで、五人は権之助たちに覚《さと》られることなく外に出た。

弥之市と辛三郎は土手道を中門前三丁目の縄張に帰り、仁左と伊佐治はあらためて浜松町の町場に入った。

忠吾郎は、

「さて、わしはこのあと、札ノ辻の商舗《みせ》におるでのう」

と、女将のお甲と目配せを交わし、鉄製の長煙管を腰に、札ノ辻に向かった。

金杉橋を戻り、古川の土手道に入った弥之市と辛三郎は、

「相州屋さんがまた出て来てくれるなら、来年もいまのままで百年桜の花見ができそうだ。これからできるだけ権之助たちの動きを見張り、相州屋さんに知らせるのだ。俺たちが直接、二丁目とぶつかるのは断じて避けねばならん」

「へえ。そのために仁左どんと伊佐どんが、出張って来てくれたと思いやすが、おとなりさんめ、堅気の町場に介入しているなんざ、他の店頭衆が黙っているかどうか、心配になりまさあ」

「ふむ」

と、川の水音を聞きながら弥之市は、深刻そうにうなずいた。

増上寺の門前町六町にそれぞれ店頭が立ち、それぞれが微妙な均衡の上に縄張を護《まも》っている。いずれかが跳ね上がった動きを見せれば、たちまちにその均衡は崩《くず》れる。

それら店頭のうちで最も羽振りを利かせているのは、増上寺の大門《だいもん》を目の前におく片門前一丁目の壱右衛門《いちえもん》である。最も弱いのが、門前町場末《ばすえ》の中門前三丁目の弥之市だ。弥之市一家が周囲の誰にも縄張を蚕食《さんしょく》されず、一家を保っておられるのは、弥之市に野心がなく、縄張を維持するだけで拡大を夢にも思っていないからであろう。だから〝裏仲〟などと場末を象徴するような二つ名をつけられても気にせず、むしろそれをみずからも名乗っているのだ。少しでも周囲と抗争する動きを見せれば、それを口実にたちまち押しつぶされるだろう。

その思いから、二丁目の権之助一家が堅気の町場に手を出し、目の前で狼藉を働いても、ただ困惑し打つべき手も見いだせず、いらいらしていたのだ。

一方、仁左と伊佐治は浜松町を通り抜け、境の道一筋を越えて中門前二丁目に入った。相手方の反応を見るためである。

中門前二丁目から片門前二丁目に町名が変わる角に、伊佐治は竹馬を据え、あたりに触売の声をながした。近辺のおかみさんたちが集まる。

「腰巻のあまり傷《いた》んでいないのはある？」

と、物色しはじめたのは酌婦か、まだ髷《まげ》も整えず、帯も乱れていた。そうした客の多いのも、この町の特徴である。

数人になれば竹馬を挟んで古着の物色よりも、世間話に興じたりする。そこに桜長屋の話は出てこなかった。みずから話題に出せば、なにか聞けるかもしれない。だが控えた。いまはまだ軽い偵察だけなのだ。

権之助一家の若い衆が二人、連れ立って来た。地まわりのようだ。一人は午前に百年桜の空き地で伊佐治に因縁《いんねん》をつけようとした若い衆だった。

「おう、おめえかい。さっきの長屋なんざ商売になんねえから、もう行くんじゃねえぞ」

「へえ」

伊佐治はしおらしく返した。

すぐ近くに仁左もいた。

「おめえもだ」

と、若い衆は仁左にも声をかけた。

「あの長屋よう、もうすぐ取り壊しだ。よく覚えとけ」

「えっ、そうなんですかい」

仁左はすっとぼけ、背の道具箱にカチャリと音を立てた。

二人の若い衆は肩をゆすりながら角を曲がった。

竹馬の古着を手に取っていた年増のおかみさんが、

「えっ、どこの長屋が取り壊し？」

「へえ、百年桜の桜長屋でさあ」

伊佐治が応えると、別の女が、

「ああ、向こうさんの町ね」

言っただけで、桜長屋が話題になったのはそれだけだった。桜長屋でまだ大きな事件は起きておらず、境の道一筋を隔てたこちらの町では、住人の関心もいまのところ薄いようだ。


陽がかたむきかけたころ、仁左と伊佐治は門前町を離れた。左利きの左平次が、吾平とどこへ向かったのか、その動きを探れなかったのが心残りになっている。

札ノ辻に着いたころ、まだ陽は沈んでいなかった。

寄子宿の路地へ入ろうとしたところへ、

「あら、仁左さんと伊佐治さん、いまお帰りですか」

向かいの茶店から、お沙世がカラの盆を小脇に出て来た。店の中にいても仁左が帰って来れば、背の道具箱の音ですぐわかる。

「ああ。きょう、午《ひる》はお姉さんのところにちょいと邪魔させてもらったぜ」

「そうらしいですね。いま来ていますよ。さっきここでお茶を飲んだばかり。忠吾郎旦那になにやら用事らしくって」

「えっ」

「女将が？」

仁左と伊佐治が同時に応え、羅宇竹の音と古着の竹馬が路地へ吸いこまれるように消えた。

商売道具を長屋に置くと二人はすぐ母屋《おもや》の裏庭にまわった。仁左の道具箱の音が聞こえていたか、裏庭に面した居間の障子が開けられ、

「おう、ちょうどいいところへ帰って来た。さあ、上がれ」

忠吾郎のほうから声がかかった。

部屋には女将のお甲が端座していた。これから話の始まるのが雰囲気からもわかる。

お甲がいくらか腰を引き、仁左と伊佐治があぐらを組むのを待つように、話しはじめた。権之助たちの話をするために、女将のお甲は相州屋までわざわざ来たのだ。忠吾郎が浜久からの帰りしな、お甲と目配せを交わしたのはこれだった。

「みょうなのですよ」

お甲は言う。

忠吾郎たちのとなりの部屋に入った四人は、店頭の権之助とその代貸の庄七、戸端家用人の鳴岡順史郎と中間の吾平だった。

料亭で武士と町人が同座するのは珍しくない。懇親もあれば饗応《きょうおう》もあろう。だが、その町人がやくざ者というのは奇異だ。だが、権之助一家が戸端家から桜長屋住人の追出しを請け負っていることを知ったからには、奇異ではない。どちらかがどちらかを饗応したのだろう。お甲も、それを〝みょう〟と言ったのではない。

さすがに権之助は、門前町の料亭は避けたようだ。増上寺門前の大通りに面した片門前一丁目や中門前一丁目には、日本橋界隈にも引けを取らない料亭や旅籠《はたご》がある。権之助一家はいま旗本家と組み、店頭の禁忌《きんき》である堅気の町への係り合いを仕掛けているのだ。その依頼者である旗本家の用人と、門前町のなかで酒席を共にするのは憚《はばか》られる。それで橋向こうになる浜久を選んだのだろう。店頭一家にとって、境の道一筋を隔てればそこはもう他町であり、しかも川を一本越えれば門前町を遠く離れた気分になる。

鳴岡順史郎は羽織袴《はかま》の歴《れき》とした武家姿であり、それに随《したが》う野鼠の吾平は紺看板に梵天帯の中間姿である。

武家のしきたりは厳格である。用人とはいえ武士に随った中間が、座敷に上がっておなじ畳に座を取るなど、およそ考えられないことだ。こうした場合、中間は外で待つものである。

「それがお中間姿のまま座敷に上がったばかりか、お武家の鳴岡さまの前で平気であぐらを組み、権之助親分と代貸の庄七さんは端座で、なにやらみょうな雰囲気でした」

忠吾郎たちにとって、この知らせの意義は大きい。そのようすは、野鼠の吾平が口入屋《くちいれや》をとおすなど、尋常な手順で旗本の戸端家へ中間奉公に上がったのではないことを示している。かといって、端座していた権之助たちの推挙でもあり得ない。権之助一家は戸端家に雇われているに過ぎないのだ。

さらに、左平次と連れ立っていたということは、吾平も蓑虫の一味という疑いがある。

お甲は忠吾郎の問いに、話をまえに進めた。

「え、なにを話していたかですか。それは……、よくわかりません」

仕方のないことだ。女将や仲居が、客の話を立ち聞きするなどできることではない。それに、座敷で交わされている話に立ち入らないのが、料亭や小料理屋の仁義である。

「いやあ、すまんすまん。つい言わずもがなのことを訊いてしまった」

「いいえぇ。わたくしのほうこそ、お役に立てずに」

お甲は返し、

「ともかく権之助親分と代貸の庄七さんは、戸端家ご用人の鳴岡さまに、ぺこぺこしているようすで、お中間の吾平さんはそれらを前に、悠然と構えていらっしゃる、なんともみょうな雰囲気でした。わたくしどもへのお代も、庄七さんが精算されました」

おそらく戸端家から権之助一家に出ている金子《きんす》のうち、何割かは用人の鳴岡順史郎がふところに入れているのではあるまいか。

「それでは」

と、お甲が腰を上げたとき、まだ明るさはあるが陽は落ちていた。お沙世の茶店に立ち寄ってから、金杉橋までは相州屋の小僧が提灯《ちょうちん》を手にお供をすることになった。

そのあとだった。玄関に来客があった。

訪《おとな》いは、染谷結之助だった。奉行の忠之に言われ、きょうの話を聞きに来たのだ。脇差を腰にした遊び人姿である。

やはり忠之も、きょうは忠次こと忠吾郎のほうから面談を申し入れて来たものだから、いかなる話があったのか気になるのだろう。

長屋に戻っていた仁左と伊佐治が呼び戻され、居間には行灯《あんどん》の火が入り、夜で客人は染谷ということで酒も出された。

酌み交わしながら、仁左と伊佐治が三島から左利きの左平次と思われる男を尾《つ》けたことや、桜長屋と野鼠の吾平の話をし、忠吾郎が浜久での弥之市らとの話の内容を語った。

染谷は手にしている盃《さかずき》をあおり、

「うーん。まさか仁左どんと伊佐どんがこんなに早く蓑虫の一味を見つけていたとは驚きやした。しかし、その左平次がねぐらにしている長屋はややこしいことになっていやすな。あっしらのやりにくい門前町に加えて、旗本屋敷まで係り合っているとなると……」

形《なり》に合った伝法な口調で言った。武家が相手では、奉行所は手も足も出せない。語る表情は、苦渋の色を刷《は》いていた。

伊佐治が皮肉まじりに言った。

「へへん。だから染谷の旦那よう、ここは一つ、俺たちに任しておきねえ。あしたは仁左どんと俺とで、あの武家地を夜鷹殺しのときのように探ってみまさあ」

お甲が帰ったあと、忠吾郎と仁左、伊佐治の三人はそれを話し合ったのだ。

「おっ、ありがてえ」

染谷は思わず声を上げた。巷間《ちまた》のうわさを拾う能力なら、奉行所の定町《じょうまち》廻り同心や隠密《おんみつ》廻り同心でも、羅宇屋の仁左や竹馬の古着売りの伊佐治に敵《かな》わないことを、染谷結之助は知っている。まして武家地となれば、屋敷の中にまで入れる仁左や腰元衆のおしゃべりの場となる竹馬の伊佐治の足元にも及ばない。そこに蠟燭の流れ買いのおクマ婆さんと付木売りのおトラ婆さんが加われば、相州屋忠吾郎の情報収集能力は、公儀隠密でも敵わないだろう。

「呉服橋はいま大きな公事《くじ》を抱えており、お奉行も俺も昼間奉行所を留守にすることができねえ。ま、二、三日でそれは片がつきまさあ。そのときはお奉行へまっさきに時間を割くよう話しときまさあ」

染谷は申しわけなさそうに語り、さらにつづけた。

「この一件、さっきからの話じゃ、野鼠の吾平って野郎が、どんな狙いで戸端屋敷にもぐりこんだか、それを解明すりゃあ、さきが見えてくるような気がしますぜ。どうも胡散臭《うさんくさ》いものを感じまさあ。それに吾平と鳴岡順史郎とかいう用人に、なにか係り合いがあるのかないのか」

染谷も忠吾郎たち三人とおなじところに目串《めぐし》を刺したようだ。

すでに夜はかなり更《ふ》けていた。さすが染谷は隠密同心で、外で酒を出されたとき、たとえ相手が相州屋の面々であっても、足腰がふらつくまでは飲まない。奉行所のではない、無地の提灯も持参していた。

五

翌朝、相州屋の裏庭の井戸端で、

「伊吉さんとおヨシちゃん、いなくなって寂しいねえ」

「野田屋さんなら、友造さんもお仲さんもいるから、願ってもない奉公先じゃないか。よかったよう」

仁左が汲《く》み上げた水で顔を洗いながら、おクマとおトラが話している。

「ひーっ、冷てえぜ。しずく、飛ばすねえ」

横で伊佐治が言った。秋の朝の日の出前はかなり冷える。

「さあ、つぎは俺たちの番だ」

仁左がまた釣瓶《つるべ》を井戸に落とし、水音を立てた。

顔を洗い終わったおクマとおトラが、

「そうそう。きのう、仁さんと伊佐さん、浜松町に行ったんだろう?」

「桜長屋のお人ら、どうだった?」

気になるのか、訊いたのへ仁左と伊佐治は応えた。

「ああ、聞いたとおりみょうな与太みてえのがうろうろしてやがった」

「長屋から市助どんが出て来て、喧嘩になりそうだったよ」

「恐ろしいねえ」

と、ひとしきり長屋の井戸端会議で桜長屋が話題になり、

「で、きょうは？」

「ま、あそこは素通りし、愛宕山向こうの武家地をまわる予定だ」

「どうだい、一緒に行くかい。ちょいと遠いけど」

仁左と伊佐治が応えたのへ、意外にもおクマとおトラは、

「行ってみようかねえ」

「愛宕の権現《ごんげん》さんは石段がきついから遠慮して、増上寺さんへお詣《まい》りもかねて」

「えっ、そうかい」

「そりゃあ心強《づえ》えや」

仁左と伊佐治は返した。

「心強い、なにがだい」

「い、いや。俺たちにとっても、あそこはちょいと遠出になるからよ」

おクマが怪訝《けげん》そうに言ったのへ、仁左がうまく言いこしらえた。

まだ午《ひる》には間のある時分、仁左と伊佐治の姿は愛宕山の前を経て、件《くだん》の武家地にあった。夜鷹殺しのときもこの一帯に探りを入れ、地形は心得ている。町場と異なり、長い白壁のつづく往還に人通りはほとんどなく、あくまで静かである。仁左の道具箱の音が、ことさら大きく聞こえた。

あと角を一つ曲がれば、戸端屋敷の正面門という裏手の通りに入った。

「おっあれは」

仁左が声を上げた。

角のところに小さな屋台が置かれている。

近づき、また声に出した。

「やっぱり玄八《げんぱち》どんじゃねえか」

「あ、ほんとだ」

遅れて伊佐治も声を出した。天秤棒の前後に古着がこんもりと盛り上がっているので、どうしても視界が悪くなる。

隠密同心の染谷結之助についている岡《おか》っ引《ぴき》である。老け役がうまく、いつもそば屋の爺《じい》さんを扮《こしら》えているが、

「おっ、なんでえ。こんどは汁粉屋《しるこや》かい。まったく器用なお人だぜ」

「ああ、商売替えだ」

伊佐治が言ったのへ玄八は応えた。武家地ではそば屋の屋台なら客筋は中間が多く、さっと来てそばを手繰《たぐ》り、さっと帰る。汁粉なら腰元衆が出て来て、しばしそこが屋敷の異なる腰元たちの交歓《こうかん》の場となる。

さいわい玄八も来たばかりか、客はまだついておらず、内輪の話をすることができた。

「きょう朝早くに染谷の旦那からつなぎがあって、場所はこの武家地で、相州屋の羅宇屋と古着屋を助《す》けろと言われたのさ。標的はこの戸端屋敷って聞いたが、ここのなにを探ればいいので？」

さすがに染谷は、なにもかも相州屋に任せっきりでは申しわけないと思ったか、助っ人を一人寄こしたようだ。それも腕利きの玄八である。

その玄八の問いに仁左と伊佐治は、桜長屋のようすと探るべき内容をかいつまんで話した。

「あら、汁粉屋さんに古着屋さん、それに羅宇屋さんまで」

通りかかった腰元が小さく声を上げ、足早に去った。そのあとすぐ、さきほど

の腰元が三人づれになって白壁の勝手口から出て来て、

「お汁粉屋さん、急いで三杯」

「へい、三杯。おありがとうございやす」

　さっきまで仁左たちと同年代の声で話していた玄八は、形《なり》にふさわしい嗄《しわが》れた声で返した。

　汁粉を椀にそそぐだけだが、そのあいだに腰元の一人が、その場に竹馬を据えた伊佐治に声をかけた。

「古着屋さん、売るだけでなく、買取りはしていないのですか」

　武家地をまわったとき、古着屋は古着買いにもなる。武家屋敷の奉公人は、腰元にも中間にもお仕着《しき》せが出る。その着物を買い取ってくれないかと腰元は訊いているのだ。武家の奉公人が持ちこむお仕着せの着物は、一度も袖《そで》を通していないのが多く、古着屋にはけっこういい商いになる。武家屋敷まわりをもっぱらとする古着買いもいるほどだ。

「へい、買取りもさせていただきやす」

「あら、うれし。きょうはこのあともここにいますね」

「へい」

「ならば、あとでまた来ますから」

腰元たちが屋敷に戻ると、古着屋や汁粉屋が近くに来ていることが、口から口へ、屋敷から屋敷へと伝わることであろう。

汁粉が三杯そろった。

腰元たちは嬉しそうに、古着の竹馬の陰に隠れるようにしゃがみ込み、湯気を吹き、すすりはじめた。武家の腰元が道端でものを食べるなど、他人には見せられない姿である。それがまた形式ばった武家屋敷の腰元たちには楽しいのだ。

仁左が声をかけた。

「へへ、ねえさん方。お屋敷の男衆で、煙草をやりなさるお方はおられやせんかい」

「あ、いるいる」

「あとで引き合わせてあげましょう。すこし待っておいでな」

腰元たちは言う。武家地の裏通りで、腰元衆はしばし解放的な気分を楽しんでいるようだ。

これでこの界隈に聞き込みを入れる用意は整った。あとはさりげなくふるまうのみである。最初に出て来た三人は、戸端屋敷の腰元だった。

裏通りに古着屋と汁粉屋が並んで店開きしたのは、思わぬ効果を生んだ。武家地だから客は途切れ途切れだが、その間隔は短い。裏手とはいえ、ときおり人が通る。古着の竹馬が、それらから身を隠す衝立《ついたて》の役目をなし、それがまた古着屋の商いをうながし、来たときよりも古着は増えていた。仁左にもその腰元たちが中間や若党、用人らを引き合わせてくれた。

午《ひる》すこし前だった。おクマとおトラが来た。

札ノ辻を出たときは一緒だったが、増上寺に立ち寄ったものだから、目標の武家地に入ったのは、午前《ひるまえ》になってしまったのだ。

婆さん二人にとっても、汁粉屋と古着屋に客がついているのは大助かりだった。勝手口を一つ一つ叩いて中に入り、うかがいを立てる必要はなかった。婆さんであるうえに、蠟燭や付木など裏方相手の商いでは腰元衆と直結しており、

「ついて来なさいな」

と、腰元に屋敷内にいざなわれた。蠟燭のしずくなど、売るほうもちょっとした小遣い稼ぎになる。

汁粉屋に羅宇屋に竹馬の古着売り、さらにそこへ付木売りに蠟燭の流れ買いが加われば、これほど強力でなんの疑いも持たれず屋敷内に浸透できる一群は、奉

行所でも編成できないだろう。

　とくにおクマとおトラなどは、目的があってうわさを集めているのではない。気軽に台所で屋敷の裏方たちと話ができた。いずれかの武家屋敷が浜松町に下屋敷を設けようとし、長屋の住人が理不尽な追出しに遭っている話をこの武家地にもたらしたのは、おクマとおトラが最初のようだ。

　それをまた仁左が屋敷の者から訊かれ、

「いってえ、どこのお屋敷があの土地を買おうとしているんでやしょうねえ」

と、すっとぼけた。

　それらのくり返しのなかに、仁左は耳寄りな話を聞いた。それをまた、腰元たちが汁粉をすすりながら話しているのを、玄八も伊佐治も耳にした。

　陽が中天を過ぎ、さほど時間を経ないうちに玄八の用意した鍋《なべ》は底をついた。

「ちょうどいい潮時だ。これ以上ここにとどまっていては危ねえ」

　そっと言ったのは玄八だった。

　仁左もそれを感じていた。

　おクマとおトラはもっとこの地で商いたがったが、なにぶん遠出して来ているものだから、もう帰ろうという仁左と伊佐治に従った。

それぞれが店仕舞いをし、帰途についた。

五人がひとかたまりになっている。

先頭には道具箱を背負った仁左と汁粉の屋台を担《かつ》いだ玄八が並び、そのうしろに竹馬の天秤棒の伊佐治がつづき、ついでおクマとおトラが歩いている。

「どうする」

玄八が低声《こごえ》で言ったのへ、仁左も低声で返した。

「小細工はかえってよくねえ。おめえさんもこのまま、相州屋までついて来なせえ。相州屋の寄子と思わせておくんだ」

「わかった」

歩はゆっくりと進んでいる。

汁粉の鍋がそろそろ底をつこうかというころ、五人の動きを注視しはじめた目のあることに、仁左と玄八は気づいたのだ。中間だった。玄八が〝危ねえ〟と言ったのはこれである。それが武家地から、ずっと尾いて来ている。中間一人のようだ。伊佐治にも、

「――気づかねえふりをするんだ」

と、武家地を離れるとき仁左が耳打ちした。伊佐治はふり返ることもなく、そ

れをよく守っている。

中間はおそらく野鼠の吾平だろう。ここで五人がばらばらになれば撒《ま》くこともできるが、それではきょう意図的に探りを入れたことを覚られてしまう。ましてここでおクマとおトラを切り離し、危害を加えられでもしたらそれこそコトだ。

うしろからおクマとおトラが、

「きょうはほんと、疲れたけど遠出したかいがあったよ」

「ほんと、ほんと。汁粉屋さんのおかげだよ」

などと言いながら歩を進めている。

愛宕山下の大名小路《だいみょうこうじ》を抜け、街道に出て浜松町に入った。

中間はまだ尾いて来ている。

金杉橋を渡り、浜久の前も過ぎた。

野鼠の吾平と思われる中間にとっては、それぞれ職の異なる五人がつながって歩いているのだから、これほど尾けやすい対象はないだろう。

仁左たちにすれば、尾けられるのは想定外だったが、

（魚が一匹、引っかかってくれたわい）

思われてくる。

だが、気づいていないふりをするのだから、対手《あいて》の面《つら》を慥《しか》と確かめることができず、そこが焦《じ》れったかった。前に左平次と歩いているのを見たときには後ろ姿だけだったので、仁左も伊佐治も玄八も、まだ吾平の面を知らないのだ。

札ノ辻に着いたとき、陽はまだ沈んでいなかった。

寄子宿の路地へ玄八も入ったのへ、

「あんれ、汁粉屋さん。ここまで来なさるかね」

「仁左さんたちと親しそうだけど、この近くかね」

おクマとおトラが言ったのへ玄八は、

「ああ、まあな」

軽く返した。

二人の婆さんはそれ以上なにも訊かず、歩き疲れたか長屋の部屋に戻るなり、すり切れ畳に倒れこんだ。

仁左と伊佐治と玄八は、すぐさま裏庭から相州屋の居間に上がった。

忠吾郎は待っていた。

六

伊佐治と仁左、それに玄八がおクマとおトラから聞き取ったところによれば、戸端家千二百石のあるじ戸端宗衛《そうえ》は四十代で、なにかと実入《みい》りの多い作事《さくじ》奉行の要職にあり、

「――下屋敷？　本所《ほんじょ》にあらあ。ああ、そういえばもう一箇所、増上寺の近くにおっ建てるとか聞いたなあ。あそこなら移りてえぜ」

「――そうともよ。一歩そとに出りゃあ繁華《はんか》な町場だ。中間部屋で賭場《とば》が開けらあ」

「――新入りの吾平め、それを目論《もくろ》んでんじゃねえのか。気に入らねえみょうな野郎だが、ご用人さまに目をかけられていやがるからなあ」

「――なにが下屋敷ですか。殿さまに想い人がいて、なんでも増上寺門前の卑《いや》しい女って聞きましたよ。その婢《おんな》を囲《かこ》うお屋敷かしら」

「――えっ。その敷地で、そんな理不尽なことが！　そんなところにまわされたらどうしよう。ああ、いやだ、いやだ」

いずれも戸端屋敷の中間や腰元たちの話していたことである。下屋敷の話題に中間たちはおもしろがり、腰元たちは眉をひそめていた。

周辺の屋敷からも、似たようなことが聞かれた。

それらをひととおり聞き終えた忠吾郎は言った。

「つまり妾宅《しょうたく》か。そのために桜長屋のお人らが、権之助一家から嫌がらせを受けている。ますます許せねえ。帰《けえ》りに付け馬が一人ついたってのは、おもしれえじゃねえか」

「あれは野鼠の吾平に違《ちげ》えありやせん。中間姿のまま出て来やがったってことは、俺たちが探りを入れていると疑い、着替えする間もなくあとを尾けて来たってことになりまさあ。釣り針にかかった魚みてえに」

「それを気づかぬふりをしろってんだから、面を確かめることもできず、いらいらしやしたぜ」

仁左の返答に伊佐治がつないだ。ちらと一度ふり返れば確認できるのを堪《こら》え、黙々と歩いていたのだから、相当焦《じ》れたことだろう。

身近でその吾平らしい中間と向かい合い、親しく話した者がいた。

お沙世である。

仁左たちが寄子宿の路地へ入るのを、向かいの茶店の中から見たお沙世は、往還の縁台まで出て来て、

（あら、一人増えてる。お汁粉屋さん？　以前、会ったことがあるような）

と、首をかしげた。

そのすぐあとだった。

「やあ、姐《ねえ》さん。覚えているかい」

カラの盆を小脇に縁台の横に立っているお沙世に、親しそうに声をかけた者がいた。

「えっ。あのー、あっ、以前、この縁台に座ってくださった旅のお人。えっ、お中間さんだったんですか」

お沙世は思い出した。

「ああ、お江戸に入ってから、ちょいと縁があってこの姿さ。それできょうはこの近くまで来たもんでね。それにしても姐さん、よく覚えていてくれたねえ。ここで茶を飲んだのは三月《みつき》前だったのに」

中間は言いながら縁台に腰を下ろし、

「ところで、さっき婆さん二人に、それぞれ形《なり》の異なる道具立ての三人がひとか

たまりになって、そこの路地へ入《へえ》って行きなさったが、知り合いかい」

「ええ、そりゃあ知ってますよ。お向かいさんだから」

中間は出されたお茶をすすりながら言った。

「お向かいさん？　なんですかい、それは。いえね、道具立ての違うお人らがひとかたまりになっているんで、おもしろいお人らだと思ってね。その路地奥がの人たちの住まいで？」

「住まいだかどうだか。ほら、よくご覧なさいな」

お茶を縁台に置いたお沙世は、向かいを手で示した。〝人宿　相州屋〟と記《しる》した看板が玄関口に出ている。

「ああ、人宿ですかい。だったらあの人たち、そこの寄子で？」

さらなる問いにお沙世は訝《いぶか》しさを感じ、気を利かせた。

「はいな。いい奉公先が決まるまで、あの人たち、いつもああしてひとかたまりになって。そのほうが心強いんでしょうねえ。そのうちどこか決まれば、顔ぶれも変わりますよ。いつものことです」

「そういうことなんですかい」

と、中間は得心した表情になり、茶代を縁台に置くと腰を上げ、

「つい、変わったかたまりだと思ったもんでね」

と、おなじことをくり返し、来た方向へ去った。

そのうしろ姿をお沙世は目で追い、

（あとを尾けて来たみたい。来た方向に帰るなんて）

首をかしげ、思い出した。いまの中間にも、数日前の狐目《きつねめ》で眉毛も細く唇《くちびる》も薄い不気味な感じの男にも、この縁台で、

（そういえば、おなじことを訊かれた。ここから金杉橋というのは遠いのかい、と）

偶然とは思えない。気にしながらお沙世は陽の落ちるのを待った。

街道筋の茶店は、日の出のころに店を開け、日の入りに暖簾を下げる。

その日の入りが来た。縁台を片づけ、暖簾も外すと、

「お爺ちゃん、お婆ちゃん、あとをお願い」

奥に声をかけ、寄子宿への路地へ駈けこんだ。

「沙世です。旦那、おいでですか。ちょいと気になることがあって」

裏手の庭先から居間へ声を入れた。

明かり取りの障子が開いた。中ではちょうど話に一段落ついたときだった。

そこに仁左と伊佐治、それに汁粉屋までいるのへ、

「まあ、皆さんもここに」

すこし驚いた表情になり、

「ちょうどようござんした」

言いながら縁側に上がり、忠吾郎の手招きに応じ、部屋に入った。

「皆さん方、いずれかの武家屋敷のお中間さんに尾けられていませんでしたか」

と、言いながら座に加わったものだから、

「おっ、それを話していたのだ」

仁左が返し、一同の視線がお沙世にそそがれた。

「やはり」

と、お沙世は応じ、さきほどの中間とのやりとりを詳しく話し、来た方向に帰ったことも、それが三月前にも旅姿で縁台に腰を下ろし、そのとき金杉橋の所在を訊いたことまで語った。

「お手柄だ、お沙世ちゃん」

思わず仁左が声を上げ、伊佐治も玄八もお沙世を見つめたまま、大きくうなずいた。

「ふむ」

忠吾郎もうなずき、

「これで吾平も蓑虫の一味に間違いないようだ。どうやら江戸へ出て来る蓑虫一味にとって、金杉橋がなにかの目印になっておるようだな」

「えっ。なんですか、蓑虫って。あっ、上方のあの盗賊」

お沙世が問い返したのへ、仁左が忠吾郎とうなずきを交わし、これまでの経緯を話した。

お沙世は真剣な表情で聞き入り、

「それじゃ、さっきの人と数日前の人、上方で一家皆殺しの盗賊!?」

緊張に身をこわばらせた。

忠吾郎はそのお沙世へかぶせるように言った。

「まだ幾人か江戸に下って来るかもしれぬ。高輪の大木戸を入り、知らぬ町場を歩けば、ちょうどこの札ノ辻あたりが道を訊きたくなるところだ。往還が二つに分かれてもいるしなあ。お沙世、また金杉橋を訊く者がいたら、そっとわしに知らせるのだ」

「は、はい」

お沙世は返した。

すでに外は暗くなりかけていた。

帰りしなお沙世は、

「あのう、このこと、おクマさんとおトラさんは……」

「ああ。遠出について行っただけだ。そのように、な」

忠吾郎が応えたのへ、お沙世は無言でうなずいた。緊張のあまりか、玄八が誰か訊くのも忘れたようだ。

座はふたたび男ばかり四人となり、玄八がぽつりと言った。

「箱根の関所からきょうの付け馬まで、あっしも概略《がいりゃく》はつかめやした。したが、関所破りの左平次がわらじを脱いだという桜長屋の市助ってえ船頭が、野鼠の吾平がもぐり込んでいる戸端屋敷のご意向に逆らっているってのは、辻褄《つじつま》が合いやせんぜ」

「そう、そこなんでえ。俺たちもそこが判らねえのよ」

仁左が応え、

「うーん、さようですかい。ま、そのうち《うち》おいおいと判りやしょう。それじゃあきょうのことは、今夜中に同心の旦那に報せ《しらせ》ときまさあ」

と、玄八が腰を上げた。

外は暗くなりかけており、付け馬が想定外だったためか、さすがに自前の提灯は持って来ていなかった。

居間に行灯の火が入り、仁左と伊佐治が残った。

話はつづいた。

仁左が言った。

「もう一つ、疑問が……。野鼠の吾平が、なんで千二百石も食《は》んでいる旗本屋敷の用人とつるんでいるかでさあ」

伊佐治が不意に言った。

「吾平が蓑虫の一味なら、左平次と同じように箱根で関所抜けをしたんじゃやねえでやすかい。もしかしてそのときに銭ですり寄った対手が鳴岡順史郎だったら……」

「そうだ、それだ」

「うむむ。もし三月前に鳴岡が江戸を離れていれば、一考の価値はあるな」

仁左と伊佐治は同感の声を上げた。

当たっていた。

三月《みつき》前である。東海道三島宿の居酒屋で、仁左と伊佐治が見たのと、おなじ光景が展開されていた。

「――まあ、呑みねえ」

と、中間姿の男に徳利《とっくり》をかたむけているのは、野鼠の吾平である。その中間のあるじは、本陣で休んでいる。戸端家の用人、鳴岡順史郎だった。

翌日、箱根の関所に中間一人と臨時雇いの荷物持ち一人を随えた鳴岡順史郎の姿があった。

野鼠の吾平はなんなく関所を越え、鳴岡主従とは小田原宿で別れた。

そのあと吾平は品川を経て高輪の大木戸を入り、札ノ辻でひと休みしたのがお沙世の茶店だった。そこで金杉橋はまだかと訊いたのだった。

吾平の向かった先は浜松町四丁目裏手の桜長屋だった。船頭の市助の部屋にひと晩泊まり、翌日には中門前三丁目の木賃宿に移った。

そのとき、戸端宗衛の増上寺参詣《さんけい》に随行していた鳴岡順史郎とばったり再会した。このとき戸端家は、桜長屋と百年桜の土地に目をつけ、町人相手に買収の話を進めるのはどうすべきか、考慮していたときだった。

(こやつなら町場での応酬《やりとり》に長《た》けているかもしれぬ)

鳴岡順史郎は考え、話を持ちかけた。

吾平は乗った。鳴岡のすすめで中門前三丁目の木賃宿を引き払い、戸端屋敷の中間部屋に入った。中門前二丁目の店頭・権之助一家の桜長屋住人への嫌がらせが始まったのは、それからしばらくしてだった。もちろんそれを鳴岡に指南したのは、野鼠の吾平である。

「――住人どもが逃げ出し、野田屋が音を上げるまでやってくだせえ」

吾平は権之助と代貸の庄七に言っていた。

それがいまつづいているのである。

七

翌朝、井戸端でおクマとおトラが言った。

「ねえ、きょうはどうする」

「きのうのところへなら、また付き合うよ。ちょいと遠いけど」

釣瓶で水を汲みながら仁左が返した。

「おう、そうかい。ちょうどいいや。俺たちもそのつもりだったんだ」

「汁粉屋も来るって言ってたぜ」

伊佐治がつづけた。

実際、それを三人は忠吾郎をまじえ話し合っていた。昨夜、お沙世が帰ってからである。

お沙世の話では、どうやら野鼠の吾平は、汁粉屋、羅宇屋、竹馬の古着売り、それに蠟燭の流れ買いと付木売りの婆さんたちを、本物の人宿・相州屋の寄子と見なしたようだ。

「――ならばあした一日、そのとおりにふるまって、お沙世さんとやらの言ったとおりであることを、証明してやろうじゃありやせんか」

言ったのは玄八だった。

さすがは染谷結之助の岡っ引だけあって、凶賊の蓑虫一味を追っているとあってはやる気満々になっている。仁左と伊佐治はそこに乗ったのだった。

太めで丸顔のおクマが訊いた。

「きのうは疲れてすぐ寝ちまったけど、あの汁粉屋さん、玄八さんていってたっけ。この近くの人？」

「ああ、近くでもねえが、忠吾郎旦那とも知り合いでなあ。それできのうは一緒にここまで帰《けえ》って来たのさ。まあ、それだけだ」

仁左が応えた。

影走りの件は、あくまでおクマとおトラには知られないようにしている。

細めで面長《おもなが》のおトラが、

「忠吾郎旦那と知り合いって、あの人、寄子にはいなかったけど」

「相州屋《う ち》の寄子じゃねえんだ。玄八どんは忠吾郎旦那と昵懇《じっこん》のお人に、そう、俺や仁左どんみてえについていてなあ」

伊佐治が応えた。旅の一座だったときに、濡れ衣で奉行所の役人に、親とも慕っていた座長夫婦を斬り殺されて以来、役人嫌いになった伊佐治も、北町奉行の榊原忠之と隠密廻り同心の染谷結之助、岡っ引の玄八だけは受け入れている。

お沙世も小料理屋の浜久が実家で、女将のお甲の義妹であれば、忠吾郎の背景はそれとなく勘付いていよう。だがそれをおくびにも出さず、仁左や伊佐治と話すときも、暗黙の了解のように話題にもしない。ただ一度だけ、仁左と伊佐治が旗本の夜鷹殺しを追っているとき、

「――わたし、女岡っ引になりたい」

仁左にぽつりと言ったことがある。

仁左は〝それを口にするな〟と、たしなめながらも、

（――さすが、うわなり打ちまでやるだけのことはある）

と、お沙世の俠気《きようき》に好感を持ったものだった。

四人が商売支度を整え、寄子宿の路地から出て来たとき、すでに往還に縁台を出していたお沙世が、

「あら、きょうも四人おそろいですか」

声をかけ、おクマとおトラについ、

「気をつけてくださいねえ」

言ってしまった。

すかさず仁左がお沙世をにらみ、口調はやわらかく、

「あはは、別に危ないところへ行くんじゃねえから」

「そう。ちょいと遠出だけど、いい商いができるところでねえ」

「そうなのさ」

おクマが応え、おトラがあとをつないだ。

「そうなのね。しっかりね」

お沙世は言いなおし、仁左の背からながれる小気味のいい音とともに遠ざかる

四人の背を見送った。

一行は金杉橋を渡り、野田屋の前まで来た。

街道までほのかに醬油《しょうゆ》の香が漂《ただよ》ってくる。

「あら、伊吉さん」

おクマが気づいた。

商舗《みせ》の前で伊吉が醬油の樽《たる》を抱え、大八車に積んでいる。前掛《まえかけ》にたすき掛けの姿が潑剌《はつらつ》としていた。

「おお、やってるね」

「あ、寄子宿の皆さん。はい、おかげさまで」

伊佐治が声をかけたのへ、伊吉はよいしょと醬油樽を大八車の荷台に載せ、ぴょこりと頭を下げた。

「まあまあ、元気そうで」

「へえ。忠吾郎旦那のおかげです」

おトラが言ったのへ伊吉は返した。

仁左も笑顔で言う。

「おヨシどんも元気にやってるかい」

「へえ、それはもう。ちょいと呼びやしょうか」

「いい、いい。仕事の邪魔になっちゃいけねえ。俺たちも商いで前を通っただけだから」

話しているところへ、商舗の中まで声が聞こえたか、番頭の友造が出て来た。

「あらあ、友造さん。聞いたよ、お仲ちゃんと祝言だって」

「え、ええ。そうなんですが」

おトラが言ったのへ、友造は返した。疲労を滲《にじ》ませた表情だった。

(桜長屋の件だな)

仁左は解した。

友造は仁左と伊佐治に向かって言った。

「おとといは見苦しいところをお見せし、ご迷惑をかけてしまいましたようで」

「いやあ、迷惑ってほどのことじゃねえが。だが、いつもああなのかい」

「はい。いつまでつづくことやら」

と、友造は困惑の表情になっていた。いままでは長屋に行商人が来れば野田屋のほうにまわらせ、そこへ桜長屋の住人を来させることにしているという。そうした事情を告げに、友造は商舗から出て来たようだ。

「まあ、だったらあたしたちも、そうしてもらおうかねえ」

おクマがさも気の毒そうに言った。

「で、住人の動きはどうなんでえ。船頭だという若い男が、おといも与太どもに喰ってかかっていたが」

伊佐治が訊いた。仁左も気になるところである。

友造は応えた。

「市助さんですね。住人のお人ら、市助さんを束ねに、一人も逃げ出す者がいないようにと、うまくまとまってくれております。関兵衛旦那も、あそこは絶対に手放さない、と。市助さんがまたあやつらに痛めつけられないかと心配です」

「うーむ」

野田屋の苦境をまえに、仁左はどこまで言っていいか迷い、

「ま、しっかりしなせえ。そのうち、いい解決の方途も見つかりまさあ。第一、あんな理不尽、天が黙っちゃいねえ」

と、ありきたりの言葉でこの場を濁《にご》す以外になかった。敢《あ》えて背景に上方の凶賊・蓑虫一味の影がうごめいていることは話さなかった。

伊吉もすでに桜長屋をめぐるいざこざを見聞きしたか、かたわらで心配そうに話を聞いている。

「それじゃあ」

と、四人は伊吉と立ち話を始めたときとは正反対の、重苦しい表情で野田屋の前を離れた。

おクマが歩を進めながらつぶやいた。

「お奉行所、なにしてるんだろうねえ。与太どもを捕まえてしまえばいいのに」

「そうさせねえように、戸端屋敷は門前町の与太を雇ってやらせているんじゃねえか」

「あ、そうなんだ」

伊佐治が応えたのへ、おトラが得心したように言った。おクマもおトラも、奉行所が門前町に手を出しにくいことは知っている。

一行の足取りは、さらに重いものになった。

愛宕山の前を経て、武家地に入った。

玄八はすでに来て、汁粉の屋台を白壁の裏手に据えていた。きのうの場所からいくらか離れたところだ。これも昨夜、相州屋の居間で話し合ったことである。

「さあ、商いだ」

仁左の声かけで、一同は気分を入れ替えた。

やはりいずれの屋敷の腰元衆も甘いものとおしゃべりが大好きなようで、きのうとおなじくおクマとおトラはその恩恵を受け、伊佐治は古着の仕入れができ、仁左もまわる屋敷に恵まれた。

それらのおしゃべりの内容は、戸端屋敷から離れているせいか、桜長屋の件はほとんど出なかった。おクマもおトラも、訊かれなければ桜長屋を舌頭《ぜっとう》に乗せることはなかった。

陽が中天を過ぎたころ、一人の中間姿が、遠くの角に見え隠れしはじめた。

（野鼠の吾平か）

仁左も伊佐治も吾平の面は知らないが、それを感じ取った。望むところだ。きょうは、ただの行商人であることを見せるために来ているのだ。

きのうよりは長くいたか、それでもまだ陽の高いうちに引き揚げた。

愛宕山下の大名小路を抜けた。一帯は大名屋敷の白壁がつづき、往来する者も極度に少ない。尾行している者があれば、容易に見分けられる。きのうもここを抜けたのは、そのためだった。

きょうはときおり仁左が、背後のおクマとおトラに話しかけるふりをしてふり返ったが、それらしい姿はなかった。

それなら玄八が札ノ辻まで付き合う必要はなく、繁華な街道に出たところで別れた。

仁左たちが金杉橋を渡ったころ、街道のいずれかで行き違いになったか、遊び人姿の染谷が相州屋を訪ねていた。用件は一つだった。あした昼八ツ（およそ午後二時）榊原忠之が時間を工面したというのだ。忠之は染谷から報告を受け、容易ならざる事態と察したのだろう。

忠吾郎への来客はもう一人いた。

中門前三丁目の店頭・弥之市だった。若い衆を一人ともなっていた。代貸の辛三郎ではなかった。すぐ目の前の桜長屋で、いつ不測の事態が発生するかわからない。二人そろって留守にすることができないのだろう。

弥之市の話に、忠吾郎は思わず問い返した。

旗本の戸端宗衛が設けようとしているのは、おもて向きは下屋敷だが、実際にはやはり妾宅だった。

弥之市は、戸端宗衛の想い人が誰であるかも聞き出していた。

片門前一丁目の料亭・紅花屋《べにばなや》の仲居で、名をお満《まん》といった。

片門前一丁目といえば、増上寺門前町の一等地で、そこに暖簾を張る料亭は、周囲に対し格式が高く、増上寺参詣に来た大名家や幕閣、高禄旗本家などがよく利用する。名前から亭主は北国の出か、仲居も北国の産が多く、しかも色白で美形ばかりをそろえている。

弥之市はとなりの権之助一家が店頭の仁義を逸脱しはじめていることを、この町全体の筆頭店頭である片門前一丁目の壱右衛門《いちえもん》に相談したのだ。

壱右衛門はさすがに筆頭店頭か、事態をすでに知り、独自に探索していた。紅花屋は縄張内であり、亭主とは昵懇である。戸端宗衛が以前、紅花屋に上がったときお満を見初《みそ》め、もらい受けることがすでに宗衛と亭主のあいだで話がついているという。

壱右衛門はお満を知っていた。

「色白で肌も髪も艶《つや》やかで、それはもう男好きのする女らしい」

弥之市は真剣な表情で語った。

お満は戸端宗衛の囲われ者になることを承知し、

——あの百年桜を庭にしたお家が欲しい

などと宗衛におねだりしたらしい。

浜松町四丁目に騒動が起きたのは、それからである。

壱右衛門は弥之市に言ったという。

「——お満め、虫も殺さぬ顔して……許せねえ。旗本の戸端宗衛なんざ、まったくの阿呆《あほう》だ」

と、さらに、

「——ここで兄弟《きようでえ》と俺とで、権之助一家を叩き潰し、お満も消してしまうのは簡単だ。だがな、いまやったんじゃ後始末が大変《てえへん》だ。まわりの兄弟たちすべてが、それをやってあたりめえと思うようにならなくちゃならねえ」

さすがは筆頭店頭で、あとあとのことまで考え、時期を見ているようだ。門前町でなんの前触れもなく、不意に一人の店頭が消えると、あとは縄張をめぐって騒然となるのは目に見えている。

弥之市は、そうした動きを伝えに来たのだった。

(兄者に教えてやることが、また一つ増えたわい)

忠吾郎は思い、きのうと同様、仁左たちの帰りを待った。染谷結之助は、玄八も同行させるから、あした浜久に仁左と伊佐治も一緒に、と忠吾郎に語ったのだ。

この件で実際に動いている全員が、あした顔をそろえることになる。対手の動きを探るだけでなく、こちらから仕掛けることが話し合われるかもしれない。壱右衛門も弥之市も、背景に上方の蓑虫一味の残党がうごめいているなど、まったく気づいていない。権之助も鳴岡順史郎もそうである。知らないから、鳴岡は野鼠の吾平を、屋敷の中間部屋に入れたのだ。

三　驚愕《きようがく》の知らせ

一

金杉橋の浜久である。

手前を空き部屋にした、いつもの一番奥の部屋だ。

榊原忠之と染谷結之助、玄八、それに忠吾郎と仁左、伊佐治の六人の顔がそろっている。三人ずつ向かい合っているが、仁左と伊佐治もいることから、いずれもがあぐら居になって堅苦《かたくる》しさはない。

六人ばかりといえど、深編笠《ふかあみがさ》の武士に遊び人、人宿《ひとやど》のあるじに職人、行商人とさまざまな職種の人間が同座しているのだから、他の料亭なら、

「あの人たち、いったいなんの集まり」

「頼母子講《たのもしこう》かしら。それにしても、範囲が広すぎる」

と、仲居たちは興味を持ち、詮索《せんさく》することだろう。

ここ浜久でもそうだったが女将《おかみ》のお甲が、

「お客さまへの詮索はなりませぬ」

幾度《いくど》も言い、いまでは首をかしげる仲居はいない。

集まった面々は、それだけ心置きなく談合を進めることができる。伊佐治も忠之たちの身分を驚愕のなかに聞かされ、染谷ももう身分を隠す必要はなくなっている。玄八が浜久の座敷に上がるのは初めてだが、奉行と岡《おか》っ引《ぴき》がおなじ座敷であぐらを組み、言葉を交わすなど、他ではおよそあり得ないことである。

それが自然にできるのは、浜久だからではなく、忠之と忠次こと忠吾郎の座だからである。二本差の鳴岡順史郎が中間《ちゅうげん》姿の野鼠《のねずみ》の吾平をともない、店頭《たながしら》一家の権之助、庄七と同座したとき、女将のお甲は奇妙に感じたから、忠吾郎にそれを知らせたのである。

うちとけた雰囲気《ふんいき》のなかに、

「概略《がいりやく》は染谷から聞いておったが、すまんのう。おぬしらには街道筋で蓑虫一味らしい輩《やから》に気をつけていてもらうだけのつもりじゃったが、聞けば聞くほどに、事態はおぬしら抜きでは捌《さば》けぬ様相になったようじゃ」

奉行の忠之が、忠吾郎ら三人へ語りかけるように言った。染谷からも報告は受けていたが、この場で仁左と伊佐治があらためて状況を詳しく話したのだ。

左利きの左平次が、いずれかの武士について関所抜けをした段では、

「けしからん。武家社会もまったく箍《たが》が弛《ゆる》んだものよ」

と、忠之は持ちかけた輩《やから》よりも、受けた武士を非難した。さらに旗本の戸端宗衛に対しては、

「作事《さくじ》奉行ともあろう者が女に狂い、下屋敷と偽《いつわ》って妾宅《しょうたく》を建てようなど、将軍家への不忠と言うほかない」

強い口調で言った。

奉行とはいえ町方が武家に手を出せないことへの焦《じ》れったさを、ありありと表情に浮かべていた。忠之がそれを口にも表情にも出せるのは、浜久の座敷で、この面々だからである。

「ともかく、すでに江戸入りしている蓑虫どもで確認できたのは、桜長屋に住みついておる市助なる者に疑問は残るが、そやつも入れて野鼠の吾平なる者に左利きの左平次なる三人じゃな」

「御意《ぎょい》」

思わず仁左が武家しか使わない言葉で返した。

瞬時、忠吾郎と染谷が仁左に視線を向けた。

「いやあ、あははは。つい、お奉行さまへの返事でやしたから」

仁左は伝法《でんぽう》な口調で照れ笑いを返し、

「もちろん、ほかにも入《へえ》っているかもしれやせんが、これからも街道筋に目を光らせておきまさあ。つきましては、野鼠どもの動きでやすが……」

伝法に語る仁左の表情は、真剣なものに変わっていた。そのまま仁左はつづけた。

「これはあっしら町場の者より、呉服橋の大旦那や染どんのほうが詳しいと思いやすが、やつら、このお江戸で足溜《あしだま》りを設《もう》けて人数をそろえ、いずれかの商家へ押込もうとしているに違《ちげ》えありやせん。それが桜長屋の買収と係《かか》り合《あ》っているかどうかは、まだ判りやせんが」

染谷が応じた。

「俺もそう思うぜ、仁左どん。大坂の奉行所じゃ、やつらが押込むときの人数は十人近くと踏んでいらあ。したが、皆殺しの急ぎ働きなら、その半分でもできねえことはねえ。北町の例繰方《れいくりかた》で調べたが、以前にそんな例が数件ある」

北町とはもちろん北町奉行所で、例繰方とは過去の事件帳の整理部屋である。

染谷の言葉に、こんどは岡っ引の玄八が、仁左と伊佐治に視線を向け、

「入《へえ》っている者《の》がまだいるかどうか找《さが》すのなんざ、至難の業《わざ》でござんしょ。だからすでに名の知れている三人を中心に、その周辺を探りやしょう」

言うと視線を忠之のほうへ向け、両手の拳《こぶし》を畳につけ、

「それでお奉行、あの件を」

奉行になにやら催促《さいそく》するように言った。忠之と染谷、玄八の三人は、事前にこの件について話し合っているようだ。

「ふむ」

忠之はうなずき、相州屋の三人へ均等に目を向けて言った。

「あす絵師を相州屋に遣《つか》わすから、その三人の似顔絵を描くのに合力《ごうりき》してやってくれぬか」

なるほど染谷は、まだ三人の面《つら》を知らない。玄八は野鼠の吾平に尾《つ》けられたとき、ふり返って面を確かめられず、相当いらいらしたようだ。仁左も伊佐治も焦《じ》れたのだ。だがさいわいなことに、お沙世が吾平と言葉を交わしている。左利き

の左平次は三島以来、仁左と伊佐治が存分に見ている。船頭の市助も仁左と伊佐治で間に合う。

似顔絵の段取りがついたところで、忠之が一同を見まわして言った。

「さあて、みんな。蓑虫どもはどう動くか、さきほど仁左が言ったとおりと思うが、それをどう突きとめるか、それぞれ推量するところがあろう。ここで忌憚《きたん》なく意見を出すのじゃ。玄八も儂《わし》の前だからといって、遠慮はいらんぞ」

「へい。そりゃあもう」

玄八はうずうずしたようすで返した。

染谷がそのような玄八に代わって言った。

「玄八はきのうもきょうも、自分を戸端屋敷へ中間としてもぐり込ませろと肯《き》かんのです」

「へえ、野鼠の吾平に張りついておれば、三人以外にも仲間がおれば判るのじゃないかと思いやして」

すかさず玄八がつないだ。もしまだ仲間がいるなら、吾平の周辺に現われるはずである。忠吾郎も仁左も伊佐治もうなずいた。だが、忠之は毅然《きぜん》とかぶせた。

「できぬ相談じゃ。おなじことを幾度も言わせるな」

これには染谷がうなずき、忠吾郎たちもまたうなずかざるを得なかった。理由《わけ》は簡単だった。隠密同心の手の者が、探索のため旗本屋敷にもぐり込んだなど、もし発覚すればそれこそ忠之が腹を切らねばならなくなるだろう。支配違いとは、それほどまでに厳格なものなのだ。だから忠之はきょうの冒頭に〝事態はおぬしら抜きでは捌けぬ〟と言ったのである。

六人がそろって話し合い、結局この策は、あと数日、汁粉屋《しるこや》と竹馬《たけうま》の古着屋と羅宇屋《らうや》が、あの武家地で商《あきな》うことに落ち着いた。おクマもおトラも声をかければ、喜んでついて来るだろう。

探索の話が決まったところで、染谷が重苦しく言った。

「やつらめ、近いうちにこの江戸で仕事しようと思っているんだろうが、そうはさせない」

と言っても、その〝近いうち〟がいつか、また狙《ねら》いを定めているところがすでにあるのかどうかも判らない。詮議《せんぎ》しなければならないことが、山ほどにある。

忠之は声を落とした。

「ともかく似顔絵のできあがるまで三人から目を離すでないぞ。玄八の言うように、そやつらを見張っておけば、全容が見えて来よう。頼むぞ。それに判らぬことがもう一つある。桜長屋の立《た》ち退きじゃ。それが野鼠の動きとつながっているのかどうか。それが判明するまで、奉行所としてはおいそれと手が出せぬ。いまのところ、儂のほうから出せるのは染谷と玄八だけじゃ。似顔絵ができたなら、あと幾人か出す算段をしよう。そのための似顔絵じゃ。最初の捕縛に失策《しくじ》れば、蓑虫一味を江戸にはびこらせることになる。将軍家のお膝元《ひざもと》で、これは断じて許されぬことじゃ」

「ふふふ、兄者《あにじゃ》よ。わしらは将軍家のお膝元であろうとなかろうと、お江戸の町に暮らす諸人《もろびと》のために動くのだ。そちらこそ、よしなに頼むぞえ」

　忠吾郎の言葉に、伊佐治がわが意を得たりとばかりにうなずいた。仁左もうなずいていた。

　浜久での談合がお開きになってから、仁左と伊佐治は金杉橋を渡り、古川の土手道を中門前三丁目に向かった。忠吾郎と話し合い、桜長屋の市助の部屋へもぐり込んだ左平次の見張りを、弥之市一家に依頼することにしたのだ。話し合ったとき、忠吾郎は言った。

「――弥之市どんにも、蓑虫一味のことはまだ伏せておくのだ」

もとより仁左もそのつもりだった。

三丁目の住処《すみか》に、弥之市も辛三郎もいた。弥之市一家は、若い衆を常に見張りに立てている。なにぶん桜長屋とは、境《さかい》の道一筋を挟《はさ》んだだけの向かい合わせである。見張り所にはこと欠かない。桜長屋に目を集中していると、権之助一家の動きが詳しく見えると同時に、桜長屋の住人の動きも自然に見えて来よう。

桜長屋は陸の孤島のようにされてしまっている。住人は日々の魚や野菜を購《あがな》うのに、関兵衛が言ったように野田屋まで足を運んでいた。権之助一家は、街道おもてに暖簾《のれん》を張る野田屋までは手が出せない。

その分、住人への嫌がらせは激しくなり、せっかく野田屋の裏庭で買った魚や野菜を、長屋の路地への入口で地にぶちまかれた者もいる。市助がいるときは、すぐに飛び出て来て小競《こぜ》り合いになった。その姿を、弥之市一家の若い衆だけでなく、近辺の堅気《かたぎ》衆も歯ぎしりしながら見ていた。

仁左と伊佐治の依頼に、辛三郎は言った。

「市助のところへころがり込んでいる男？　ああ、あの狐目《きつねめ》で眉毛《まゆげ》が細く、唇《くちびる》も薄い嫌な感じの野郎かい。ほう、名は左利きの左平次ってんですかい。左利きかどうかまでは気がつかなかったが、きのう夕刻に市助と一緒にどこかへ出かけ、帰って来たのは市助ひとりだったぜ。きょうも朝から市助は見かけたが、その左利き野郎は見ていねえなあ」

その場で弥之市は若い衆を一人呼んだが、その若い衆も、

「あいつですかい。きのうの夕方から、もう見かけやせんねえ。どこかへねぐらを見つけて引っ越したんじゃねえですかい」

「なんだって」

仁左と伊佐治は驚いた。早くも行方《ゆくかた》知《し》れずになってしまったようだ。

弥之市は、

「まあ、そういうことだ。もし見かけたら知らせるぜ。左平次ってんだな」

「よろしく頼むぜ」

仁左と伊佐治はあらためて依頼し、札ノ辻へ帰りながら話した。商い支度でないため、肩をならべて歩くことができる。天下の往来であれば、低声《こごえ》で話せばかえって他人に聞かれる心配はない。

「上方《かみがた》の盗《ぬす》っ人《と》野郎ども、お盗《つと》めはきょうあすに迫ったことじゃねえと思うが、権之助一家の嫌がらせは桜長屋のお人らにとっちゃ、毎日のことだもんなあ」

「そうさ。それを思えば胸が痛まあ。だが、裏をはっきりさせないことにゃ、手

の出しようがねえ。まったく焦れるぜ」

仁左と伊佐治だけでなく、さっきまで浜久で膝を寄せ合っていた全員に、それは共通する思いだった。

「それにしても、野鼠の吾平が戸端屋敷にもぐり込んで鳴岡順史郎をけしかけ、それを長屋にいる市助が抗《あらが》っている。吾平と市助がおなじ一味だとすりゃ、いってえ、どういうことなんでえ」

「それも探らなきゃなあ。まったく奥が深いぜ、この件は」

これも六人に共通した疑問なのだ。

札ノ辻に戻ったのは、夕刻近くのころだった。

二

朝の井戸端で、仁左と伊佐治が顔を洗い終わったところへ、おクマとおトラが長屋から出て来た。

「おう、おめえさんらの分も汲《く》んどいたからなあ」

「あら、いつもありがたいねえ」

仁左が言ったのへ、おクマが返した。

おクマもおトラも足腰は達者だが、釣瓶《つるべ》で井戸から水を汲むのは、かなりの重労働になる。一度おトラが汲もうとして、井戸へ落ちそうになったことがある。

「――危ねえことはよしねえ。俺たちが汲んでやるから」

と、それ以来、朝の水汲みは仁左と伊佐治の仕事になっている。

「ありがたいよう」

おトラも言い、

「それで仁さんと伊佐さん、きょうの商いはどこをまわるね。愛宕山向こうの武家地なら、また付き合わせておくれな」

「遠出になるけど、一つのお屋敷で町場の十軒分くらいの商いができるのさ。玄八さんといったねえ、あの汁粉屋さん。あの人も一緒に」

おクマがつないだ。

それらを聞きながら仁左は、

(さすがは隠密同心の岡っ引だ。うまい具合に商売替えしたもんだ)

思いながら、

「ああ、玄八どんなあ。きょうは別のところをまわって、あしたはまたあの武家地に行くって言っていたなあ。だから俺たちもそうするつもりだ。また一緒に行くかい」

「行く、行く」

「きっとだよ」

おクマとおトラは同時に応え、仁左が水を汲んだ桶《おけ》の前にしゃがみ込んだ。

仁左はつづけた。

「そうそう、さっきおめえさんら向かいの部屋をのぞいていたが、あの二人まだ寝てたかい」

「寝てた。かわいそうだよう、ほんとうに」

おクマがふり返って言い、おトラも、

「早く元気になればいいんだけどねえ」

と、つづけた。

寄子《よりこ》宿は五部屋つづきの長屋が二棟、向かい合っている。一棟に仁左やおクマたち古参の者が入り、もう一棟にそのつどの寄子が入っている。その棟に、四日前から伊吉とおヨシの二人と入れ替わるように、若い男というより少年が二人入っていた。歳はいずれも十二、三歳で、一人はふらふらとお沙世の茶店の縁台に倒れこんだのを、相州屋の番頭の正之助が寄子宿に担《かつ》ぎこんだ。それは忠吾郎が、伊吉とおヨシを野田屋へ連れて行っているときだった。

もう一人は近くの茶店の縁台で、客の喰っていた団子《だんご》につい横から手を出し、盗っ人呼ばわりされて袋叩きに遭《あ》い、足首を傷《いた》めた。騒ぎを聞いたお沙世が駈《か》けつけ、

「——なんて非道《ひど》いことを！」

と、引取り、町内の若い衆に頼んで相州屋の寄子宿に担ぎこんだのだ。

二人とも相模《さがみ》の産で、山間《やまあい》の村の孤児《みなしご》で浮浪児のような日々を送り、二人連れ立って村を出たという。出たときから文無しだった。

江戸に出ればなんとかなるの、典型的な例である。

名を松太《まった》に杉太《すぎた》といったが、本名は自分たちも知らず、適当に付け合ったという。兄弟ではなさそうだ。袋叩きにされ足首を傷めたのが松太で、お沙世の縁台に倒れこんだのが杉太だった。二人一緒に逃げようとしたが松太は転倒して捕まり、杉太はお沙世の茶店に倒れこんだのだ。二人の男が追いかけてきたが、お沙世が逆に男たちを追い返し、あとを番頭の正之助に任せ、騒ぎの起こっている茶店に駈けつけたのだった。

正之助はすぐ医者を呼んだが、杉太はかなり熱を出しており、数日間の安静が必要で、松太は追われて転んだときに足首を捻挫《ねんざ》し、そこをまた棒で叩かれたものだから真っ赤に腫《は》れ上がっていた。骨折ではなかったが数日は歩けそうにない。

あとで正之助から聞いた忠吾郎は、

「――ほう、それはいいことをした」

と、達磨《だるま》顔をほころばせたものである。

おクマとおトラも、伊吉とおヨシが野田屋に移り、面倒を看《み》る者がいなくなってさみしくなると思っていたところへ、また二人入ったのだから、

「――あらあ、ケガ人と病気の子かね。こりゃあ大事にしてやらなきゃあ」

「――まだ子供？　いけないねえ」

と、また面倒を看ようと張り切っていた。

その松太と杉太のことを、仁左は訊《き》いたのだ。

松太はまだ足の腫れと痛みが消えず、杉太の熱も下がってはいたが、体がかなり衰弱しており、医者の言ったとおり、まだ起き上がれないようだった。

松太と杉太が相州屋に拾われず、やくざの一家や盗賊の一味に拾われ、小間使

いのように使われたなら、行く末はそやつらとおなじ道を歩むことになっていただろう。

　そうした例がけっこう多いのだ。だから忠吾郎は暇《ひま》があればおもてに出て長《なが》煙管《ぎせる》をくゆらせ、街道にそれらしい喰いつめ者がふらついていないか目を光らせ、お沙世もそこに合力しているのである。

　おトラが〝早く元気に……〟と言ったのへ、伊佐治が返した。

「まだガキだが、元気になればあの二人、山間の育ちだ。動きが機敏そうに見えるぜ」

「俺もそう思う。いまは痩《や》せていやがるが、そういう筋肉の付き方をしておる」

　と、仁左も合いの手を入れた。

　おクマとおトラは、

「そうだね、帰ったらまたようすを見に行くとしようか。じゃあ、きょうはあしたにそなえ、近場をまわるよ」

　と、田町界隈《かいわい》での商いに出かけた。

　絵師が来るのは午後である。このことはお沙世にも伝えてある。吾平の顔を面と向かって見ているのは、お沙世だけなのだ。

仁左と伊佐治は商いに出るまえに、松太と杉太を見舞った。

やはり二人とも、まだ満足に動ける容態ではなかった。

相州屋の親切が身に染みているのか、

「わしら、文無しなんじゃ」

「ほんとに、ほんとに、かまわねえんで？」

恐縮というより、萎縮している。

「あははは、心配すんねえ。それがここの旦那《だんな》よ」

「そういうことだ。早く体を治しねえ。さあ、俺たちゃあ仕事だ」

と、伊佐治が二人に笑いかけ、仁左が背の道具箱にカシャリと音を立てた。

午《ひる》までの商いなので、仁左はおクマとおトラのあとを追うように近場をまわり、伊佐治は札ノ辻に竹馬を据えた。近場も近場で、お沙世の茶店のすぐとなりだ。

縁台には忠吾郎が腰を据え、街道に視線をながしている。江戸に出ればなんとかなると、文無しで腹をすかし、ふらふらと歩いている者はいないか目を凝《こ》らしている。伊佐治が言ったとおり、〝それがここの旦那〟なのだ。

カラの盆を小脇に、お沙世が言った。

「松太さんと杉太さん、動けるようになったら、茶店《うち》の薪割《まきわ》りでも手伝ってもらおうかしら」

「ああ。それで体力がどのくらい回復したか看てみようじゃないか。それからどこか口入れを考えよう。野田屋さんのようなところがあればいいのだが」

忠吾郎は思案しながら返し、なおも街道に視線をながしている。喰いつめ者を找すだけではない。いまはもう一つの仕事がある。蓑虫一味の残党がまだいて、江戸入りしないかを、往来人のなかから見分けることである。伊佐治も古着の竹馬の横で、街道に嗅覚《きゅうかく》をめぐらせていた。

太陽が中天を過ぎ、伊佐治が古着の竹馬を寄子宿にかたづけると、仁左も背に音を立てながら帰って来た。

「おう、そろそろだぜ」

お沙世に声をかけ、寄子宿への路地に入った。

北町奉行所差しまわしの絵師が来る時分だ。

それらしいのがお沙世の目に入った。総髪《そうはつ》の羽織姿や道具立てで、すぐ見分けがついた。

「あら。お汁粉屋さんが一緒。なぜ?」

小さくつぶやき、それが相州屋の玄関に入るのを確認すると、

「お爺《じい》ちゃん、お婆《ばあ》ちゃん、またお願いね」

奥に声をかけた。茶店は久蔵とおウメの老夫婦が、金杉橋の小料理屋・浜久を久吉とお甲に任せてから、なかば道楽でやっている。お沙世はそこを手伝っているのだ。

「おお。行っておいで、行っておいで」

奥から久蔵の声が返ってきた。

絵師には岡っ引の玄八が、荷物持ちを兼ねた案内役になっていた。もちろん、汁粉の屋台は担いでいない。

いつもの裏庭に面した居間である。

仁左も伊佐治もそろった。

「本来なら染谷の旦那が来るはずだったのでやすが、よんどころねえ用事で来られず、あっしが代わりに来たって寸法で。あ、この絵師の先生はすべて心得ておいでなので、隠し事をする必要はありやせん。それで、お奉行がこれを忠吾郎旦那にと」

玄八が忠吾郎に、小さく折りたたんだ紙片を渡した。

絵師に隠し事をする必要はないとのことだから、忠吾郎はその場で紙片を開いた。文面は短く、見覚えのある筆致で〝忠之〟と署名されている。

「ふむ。これで野鼠の吾平と鳴岡順史郎の結びつきが明らかになったぞ」

言いながら忠吾郎はそれを仁左に示し、伊佐治も見た。

そこには、

――確かに戸端家の用人、鳴岡順史郎は三月《みつき》前、あるじ宗衛の代わりに駿府《すんぷ》へ出向いた事実あり
と、記《しる》されていた。

もはや、吾平が鳴岡を利用して関所破りをしたことは間違いなさそうだ。ということは、逆に鳴岡は、吾平に弱みを握られたことにもなる。鳴岡は三両か四両のために、重罪の関所破りに手を貸したのだ。

玄八によれば、きょうも午前中、忠之は染谷たち数人をお供にお城へ出仕し、懇意の目付から、三月前に作事奉行の戸端宗衛が駿府城の修理の件で、駿府へ出向くよう老中から仰《おお》せつかり、なんらかの事情で用人が代わりに出向いたのを聞き出したとのことだった。

「へへ。染谷の旦那から聞かされたのでやすが」

玄八は語った。奉行の忠之はこのことを早く忠吾郎こと忠次に知らせなければと思い、染谷をさきに帰し、染谷はその足で玄八につなぎをとり、またお城に戻ったという。やはり忠之も染谷も、まだ多忙のようだ。

これらのやりとりと、玄八の町人の形《なり》や伝法な言葉遣いから、お沙世は訊かずともよほど信頼できる岡っ引と解した。

「さあ、始めましょうぞ。どの盗賊から描きますかな」

絵師が言った。〝盗賊〟と言うからには、やはり絵師は玄八の言ったとおり、これから描こうとしているのが、いかなる部類のものか、じゅうぶんに解しているようだ。

描くのは野鼠の吾平、左利きの左平次、それに若い船頭の市助である。

吾平から始まった。お沙世の出番だ。絵師の横に座り、顔の輪郭から入り、ひたい、眉、目へと、お沙世の言葉に従い、幾度も幾度も根気よく描き直し、お沙世も根気よく付き合った。

左平次と市助を描くときは仁左と伊佐治が、絵師の両脇に座った。

三枚とも描き終えると、すでに陽が西の空に大きくかたむいた時分になっていた。

似顔絵を見た一同は、感嘆の声を上げた。

左利きの左平次は、狐目で眉毛も細く、唇も薄い不気味な特徴がよく表現されていた。野鼠の吾平は、鼠を思わせるひと癖《くせ》ありそうな表情で、市助は若く溌剌《はつらつ》とした雰囲気が出ていた。

「こいつかい、俺たちを尾けて焦らしやがったのは」

吾平の似顔絵に伊佐治が言えば、左平次の絵にはお沙世が、

「この人です。ついこのまえ、わたしに金杉橋の所在を訊いたのは」

言ったものだった。左平次は、三島から尾けて来た仁左と伊佐治の視界のなかで、お沙世の茶店の縁台に座ったのだ。

玄八は三枚の似顔絵を、大事そうにふところに収めた。

忠吾郎が左利きの左平次が桜長屋から消えたらしいことを告げると、

「へへ、さっそくこれが役に立ちやすぜ」

と、玄八はふところをそっと撫でた。

奉行所ではこれを幾枚か摺《す》って、染谷たち隠密同心に持たせる算段のようだ。

絵師と玄八が帰り、お沙世も、

「そろそろお店のかたづけしなきゃ」

と、急ぐように帰ってからも、仁左と伊佐治はしばし居間に残った。

話し合ったのだ。蓑虫一味の動向についてである。

「なあ、仁左どん。おめえさんはどう見るかのう。蓑虫の残党どものこれからだ。兄者もきのう浜久で〃最初の捕縛に失策《しくじ》れば、蓑虫一味を江戸にはびこらせることになる〃と言うておったが」

「さすがはお奉行で、そのとおりだと思いやす」

忠吾郎が言ったのへ仁左が応えると、

「おっ、それをもっと詳しく聞きてえ。こういうことについては、仁左どんの勘《かん》はよく当たるからなあ」

と、伊佐治が身を乗り出した。

忠吾郎はうなずき、仁左に向かって、

「詳しく言ってみねえ」

「へえ。あくまでも勘でやして。まあ、当たるとは限りやせんが」

と、仁左はいまの伊佐治の言葉に謙遜《けんそん》を示し、話しだした。

「大坂で逃げ出した者どもは、こんどはこの江戸に足溜りを設け、ふたたび盗みを働く算段に違いありやせん」

先の談合で言ったことをくり返し、

「ただ、足溜りが定まるまでは、堅気《かたぎ》を装ってばらばらに潜んでいるつもりじゃございせんかねえ。町中《まちなか》に隠れるのはやつらの得意とするところ、最初に一網打尽にしないことには、枯れ木に宿る蓑虫みてえに市井《しせい》に紛れ込んでいるのを一人ひとり探し出すのは至難の業でさあ。だから大旦那は〝失策れば、蓑虫一味をはびこらせることになる〟と」

「ふむ」

忠吾郎はうなずき、

「いま、おめえの言葉でふと思ったのだが、あの桜長屋などは、盗賊の足溜りには持って来いだと思わねえかい。もし役人に踏込まれそうになりゃあ、川に逃げられるし、それが間に合わなきゃあ、すぐ目の前は門前町だ。そこへ逃げこむ手もあらあ。やつら、あの長屋の住人を追出し、そこを盗っ人長屋にしようと目論《もくろ》んでいる。おっと、これじゃ市助が抗っていることに説明がつかねえか」

「うーむ。抗っているのはともかく、市助は船頭だし……」

と、仁左はそれもあり得るといった表情で考えこんだが、伊佐治は、

「そんなまわりくでえこと、一家皆殺しをやってのける盗賊が考えやすかい」

と、否定した。

話し合って結論が出るものではない。逆に事態は複雑になるばかりである。

「ともかくあした、おトラさんもおクマさんも付き合ってくれるってえことだから、玄八どんもまじえ、もう一度、戸端家に喰らいついてみまさあ」

仁左は言った。

いつの間にか陽は落ち、部屋の中は暗くなりかけていた。

三

きょうはふたたび遠出の武家地である。

仁左、伊佐治、おクマ、おトラの四人は、松太と杉太の部屋を見舞い、いつもより早めに寄子宿の路地を街道に出た。

街道の朝はすでに始まっており、お沙世も縁台を外に出していた。

「あらー、行くんですね」

四人に声をかけた。

「ああ、ちょいとな」

仁左が返し、背の道具箱にうしろ手でカシャリと音を立てた。

（言うな）

合図のようだった。

仁左と伊佐治がまた愛宕山向こうの武家地に行く目的を、おクマとおトラは知らない。さっき寄子宿の長屋を出るとき、

「――あの汁粉屋さん、ほんとに来るんだろうねえ」

「――来てくれりゃ、わたしら、あちこち無駄にまわらなくてすむから」

などと二人は言っていた。

お沙世はまた、小気味のいい仁左の道具箱の音とともに遠ざかる四人の背を、

（気をつけてくださいねえ）

念じながら見送った。

金杉橋を渡り、野田屋の前にさしかかった。

道具箱の音が聞こえたか、

「あ、みなさん。きょうもおそろいで」

と、前掛《まえかけ》姿の友造が走り出て来て、

「いま、忠吾郎旦那はお店においでですか」

「ああ、いるよ。たぶんいまごろ、向かいの縁台でいつものように」

四人は立ち止まり、仁左が応えた。さらに伊佐治が、

「それよりも、伊吉とおヨシはもう慣れたかい」

「はい。伊吉はいまお得意さまに醬油《しょうゆ》を届けに。おヨシは奥のほうに」

友造が応えたのへおクマとおトラも笑顔を返し、

「よかったねえ。さあ、行こうよう」

催促した。まだ朝のせいか、二人の婆さんはきわめて元気だ。

ふたたび歩を進め、

「友造め、忠吾郎旦那に用があるようだったなあ。もしかして、野田屋はまた奉公人を増やす算段かなあ」

「あ、それなら松さんと杉さんがいる」

「あの二人、まだ外には出せないよう」

伊佐治が言ったのへ、おクマとおトラが返した。

四人の足はまだ浜松町の界隈である。

仁左は無口だった。

（桜長屋はどうなっている）

脳裡《のうり》にめぐらしていた。ちょいと立ち寄ることも考えたが、おクマとおトラが一緒では、みょうに詮索しているところなど、見せないほうがいい。そのまま街道に歩を進めた。

愛宕山下の大名小路に入った。これから行く武家地よりも、さらに長い白壁が連なっている。

「こういうところにも、一度、出入りしてみたいねえ」

「お屋敷ひとつで、一日分の商いができそうだよ。仁さんか伊佐さん、あのお汁粉屋さんに頼んでみておくれよ」

おクマとおトラが言ったのへ伊佐治が、

「これからすぐ会うじゃねえか。直《じか》に言ってみねえ」

「…………」

仁左は黙っている。

（こんなところへ探りを入れる事件など、起こってもらいたくねえぜ）

おクマとおトラの言葉に、つい思ったのだ。

「仁さん、さっきから無口だけど、どうしたのさあ」

「いや、なんでもねえ。さあ、この先だ。汁粉屋、もう来ているかもしれねえ」

おクマが言ったのへ仁左は返した。

三日前とは異なり、戸端屋敷からすこし離れた裏手の角だった。

仁左が背の道具箱に音を立て、

「甘いあまーい汁粉屋に竹馬の古着屋、蠟燭《ろうそく》の流れ買いに付木《つけぎ》売りも来ておりまするーっ」

触売《ふれうり》の声をながしながら周辺を一巡した。

二人連れ、三人連れと、腰元衆が出て来る。

おクマやおトラ、仁左にも声がかかる。

野鼠の吾平は、これら行商人たちへの疑いをすでに解いているはずだ。仁左は腰元や中間を相手に、積極的に浜松町の桜屋敷を話題にした。戸端屋敷の両どなり、さらに向かいの屋敷に入ることができた。仁左のきょうの商いは、この三軒だけだった。成果はあった。

仁左は、近辺で新しい中間が入った屋敷はないか探りを入れた。左利きの左平次の行方を探ったのだ。これは成果がなかった。どうやら左平次は、中間に化けてはいないようだ。伊佐治もお仕着《しき》せを売りに来た中間や腰元たちを相手に、それとなく話題にしたが、やはり左平次に関しては成果なしだった。

だが伊佐治と玄八は、竹馬の陰で戸端屋敷の腰元がとなりの屋敷の腰元に、ここぞとばかりに当主の悪口を言っているのを聞いていた。

気になるのか、きょうもまた一人の中間が注視する素振りを見せていた。きのう似顔絵を描くのに長時間つき合っただけに、仁左、伊佐治、玄八には、それが野鼠の吾平であることがすぐに判った。

おクマとおトラなどは、帰りに聞いたことだが、その中間姿の吾平に声をかけられていた。

「――おう、おめえさんら。最近ここでよく見かけるが、どこから来なすっている」

「――はいな。街道は田町の札ノ辻ってところ、知ってなさるか。これからもちょくちょく来させてもらいます」

「――どうぞご贔屓《ひいき》に」

おクマとおトラは応えたという。四日前尾《つ》けて確認したのと合致している。野鼠の吾平は、ますます疑いを解いたことであろう。

五人とも効率のいい商いができ、きょうもいつもより早仕舞いし、帰途についた。陽はまだ西の空に高い。

念のため、ふたたび大名小路を通った。

吾平が尾けて来る気配はなかった。

大名小路を抜けたところで、汁粉屋の玄八は一行と別れた。

陽のあるうちに、札ノ辻まで帰れそうだ。


一行が武家地で店開きをしたころだった。

野田屋から友造が、あるじ関兵衛に見送られ、

「裏のほうが心配ですから、急いで帰って参ります」

と、商舗《みせ》を出た。裏とは、桜長屋である。行く先は札ノ辻で、だから朝方、仁左たちに忠吾郎旦那はきょういるかと訊いたのだ。

街道に友造は速歩《はやあし》になった。お仲は連れていない。

忠吾郎は仁左が〝縁台でいつものように〟と言ったとおり、向かいの茶店の縁台に腰を据え、鉄製の長煙管を手に、目は街道に向けたままお沙世となにやら話

している。相州屋の寄子から野田屋へ奉公に上がった友造には、胸が熱くなるほどありがたい光景である。

「旦那さまーっ」

友造は声を上げ、駈けた。

すぐ前を急ぎの大八車が走り抜けた。

軽い土ぼこりのなかに、

「おおう、友造。どうした、そんなに急いで」

「あ、友造さん。聞きましたよ、お仲さんとのこと」

忠吾郎も声を上げ、友造が近づくとお沙世も言った。忠吾郎とお沙世は野田屋の話をしていたようだ。

忠吾郎が縁台から腰を上げ、

「祝言《しゅうげん》の日取りでも決まったか。まあ、奥で聞こう」

と、向かいの玄関を手で示した。

友造は言った。

「いえ、急いでおりまして。ここで」

「ふむ。何かあったのか」

「桜長屋のこと?」

忠吾郎が問い返したのへお沙世はつづけた。実際に友造は急いでいるようで、表情にも焦躁《しょうそう》の色が滲《にじ》んでいる。

「いえ。きょうは別のことで」

友造は言う。

忠吾郎はふたたび縁台に腰を下ろし、友造もそれにつづき、お沙世はお茶の用意に奥へ入りすぐに出て来た。

野田屋では近ごろますます商いの量が増えており、伊吉とおヨシを雇い入れてもまだ人手が足りず、

「旦那さまが、あと荷運びの小僧を二人ほど欲しいと。私も同感です。ですが、桜長屋の一件が鎮《しず》まるまで待ったほうがいいのではと申し上げたのですが」

「ふむ」

忠吾郎はうなずいた。

「ところが旦那さまは、それがあるからこそ、商いの拡大を戸端家に見せつけ、桜長屋の土地も百年桜も手放さないとの意思表示の一つにするのだ、と。その口入れを是非とも相州屋さんに、と」

「まあ、さすがは野田屋さん。ねえ、旦那。いま、ちょうどいいのが寄子宿にいるじゃありませんか。それも二人」

「えっ。いま寄子のなかに、小僧に雇えるような歳の者がいるんですか」

お沙世が言ったのへ、友造は思わず問いを入れた。

忠吾郎も、〝小僧を二人〟と聞いてすぐに、松太と杉太の顔が脳裡に浮かんだ。ここ数日で、二人とも素朴《そぼく》で世間擦《ず》れしておらず、商家に小僧として入れるのに適していることを見抜いている。

だが言った。

「ああ、だがあの二人は、伊吉とおヨシのように、すぐにというわけにはいかん」

仕方のないことだった。杉太の熱はほぼ平常に戻っているが、体力をいちじるしく消耗しており、医者もあと数日の安静が必要と言っている。松太もケガは足首だけでなく、袋叩きに遭ったとき、肩にも腰にもかなりの傷を負っていた。

お沙世が事情を説明した。

友造には胸打たれるものがあった。八年前、自分もそうだったのだ。

「わかりました。帰って旦那さまに、人はいるがいましばらく待つようにと伝えておきます」

友造は腰を上げた。

忠吾郎もそれにつづき、

「で、桜長屋のほうは、どんな具合だ」

「嫌がらせがますます酷《ひど》くなっております。ですから、早く帰らなければならないのです」

友造は、敢《あ》えて松太と杉太に会わずに帰った。会えばこの場で二人を野田屋に連れて帰り、お仲とおヨシに看病させる気になるかもしれないからだった。

友造の背を見送りながら、お沙世は言った。

「これで松太さんと杉太さんの奉公先、決まったようなもんですね」

「ああ」

忠吾郎はうなずき、

「それまでに桜長屋の騒ぎ、収まってくれればいいのだが」

達磨顔の眉間《みけん》に皺《しわ》を寄せた。

お沙世も心配そうな顔つきになった。

騒ぎの背後に、凶賊の蓑虫一味のからんでいることを、忠吾郎もお沙世も知っている。こたびも、友造にそれは伏せた。いたずらに野田屋へ、動揺を与えるだけだと思っているからだった。

「仁左さんと伊佐治さんが帰ったら、わたしも同座させてくださいね」

「むろんだ。おまえには、街道の見張りという、大事な役務があるからなあ」

お沙世が言ったのへ、忠吾郎は応えた。


お沙世が仁左の道具箱の音を耳にしたのは、陽が西の空にかなりかたむいた時分だった。

お沙世はまた、

「お帰りなさーい。お爺ちゃん、お婆ちゃん、お願い」

と、仁左たちと一緒に寄子宿の路地に走った。

このまえとおなじで、おクマとおトラは長屋の自分の部屋に入るなり、畳に倒れこんでいた。

仁左と伊佐治がきょうの成果を報告する母屋の居間に、お沙世の姿もあった。もしそのあいだに、金杉橋を目指す旅姿の者が縁台に座れば、年寄りの久蔵かおウメに所在を訊くだろう。それはすぐお沙世に知らされる。そういう者があと二、三人おれば、蓑虫一味の残党が確実に江戸に集結し、江戸での押込みを意図していることになる。

仁左と伊佐治は語りはじめた。

きょうの成果を総括すると、戸端屋敷のあるじ宗衛は、きわめて好人物だが、女に狂いやすいのが玉に瑕《きず》らしい。以前にも町場に妾宅を設け、ばれて屋敷内で奥方とひと悶着《もんちゃく》あったという。こたびの、増上寺門前町の紅花屋のお満も、宗衛の女狂いの一環のようだ。

そうした戸端屋敷であるじ宗衛を護《まも》っているのが、用人の鳴岡順史郎だった。それが昂《こう》じて鳴岡は腰元衆を束《たば》ねる女中頭も抱きこみ、宗衛の作事奉行としての役務以外、屋敷の一切を取り仕切っているとのことだった。

お満のおねだりで桜長屋を買収する件も、鳴岡が中心になって進めていることになる。なにぶん金のかかることであれば、鳴岡にもけっこう実入《みい》りがあることだろう。そこに野鼠の吾平が喰いついたと言えなくもない。

それらの話を聞き終えてから、忠吾郎はきょうまた友造が来たことを話した。時間的には、友造が野田屋に戻ってから、仁左らはその前を通ったことになる。だから街道で出会うことがなかったのだろう。

松太と杉太を野田屋に口入れする話には、

「そりゃあ、ようござんした」

と、仁左も伊佐治も手放しで喜んだ。だが二人には、目見得《めみえ》の日が来るまで黙っていることにした。まだ決まったわけではないのだ。

それを話してから忠吾郎は、深刻そうな表情になり、

「ますます判らなくなった。船頭の市助が、なにゆえ野鼠の吾平がからむ権之助一家の嫌がらせに抗っているのか。市助が長屋の中にあって、住人らの立ち退きをそそのかしているのなら話は簡単だ。やつを長屋から追い出せば、桜長屋と蓑虫一味は無縁のものとなるだろう。盗賊は奉行所に任せ、わしらは権之助一家に対応するだけで、晴れて友造とお仲の祝言の日も決められようし、安心して松太と杉太を野田屋に口入れすることもできよう。蓑虫どもの動静を探って兄者に合力するのは、それからでも遅くはあるまい」

「いえ、旦那」

喙《くち》を容《い》れたのは仁左だった。

「あっしは、それらが全部、一つにつながっているように思えやすぜ。どっちを早く、どっちをその次になど決められねえ」

「だったら仁左どんよ。船頭の市助が抗っているのを、どう説明するよ」

「だから、すべて一つのものとして……」

話がまえに進まない。

お沙世も困惑した顔になり、

「わたしは、ともかく街道を見張っていればいいんでしょう」

「そのとおりだ。目の前のことを一つ一つ探って行くより方途はない。船頭の市助の背景もさりながら、消えた左平次の行方も探らにゃならん。そこから見えて来るものもあろうよ」

忠吾郎が返し、仁左も伊佐治もうなずいた。

きょうの話も、それ以上は進まなかった。探れば探るほど、中身はややこしくなるのだ。

四

三日ほどを経《へ》た。遊び人姿の染谷が相州屋に来た。

そのあいだにもおクマとおトラは、

「またお汁粉屋さんに、つなぎをとっておくれよ」

「こんどは、あの大名小路にさあ」

　などと仁左と伊佐治をせっついていた。

「そうそううまく行くかい。玄八どんには玄八どんの都合があらあ」

　と、仁左も伊佐治も、婆さん二人をなだめていた。

　この日、伊佐治は増上寺門前町の一等地である片門前一丁目の裏通りに、古着の竹馬を据えていた。きのうからである。裏仲の弥之市が真顔で〝男好きのする女〟と言っていた、

「紅花屋のお満とやらの面《つら》を拝んでみてえ」

　という気もさりながら、戸端屋敷の中間部屋にもぐりこんでいる吾平が、中門前三丁目の木賃宿《きちんやど》に一月《ひとつき》ほど逗留《とうりゆう》していた例がある。きのうは一日中、この界隈を仁左もながしたが、左平次の姿を見ることはできなかった。伊佐治がきょう一日、張込みを入れることになったのだ。

　仁左は午前、野田屋の裏庭に出向いていた。桜長屋の住人のため、八百屋や魚屋など行商人が来ることになっているのだ。船頭の市助に以前、煙管の羅宇竹《らうだけ》を新調したことがある。

　住人たちが来ている。

「いってえ、あの与太《よた》どもはなんなんですかい。引っ越せだの、出て行けだのとわめいていやしたが」

「悪いねえ。あんたたちにまで嫌な思いさせてしまって。引っ越しなどしませんよう。ここの旦那に訊いてごらんな。家主《いえぬし》さんだから」

八百屋が言ったのへ、長屋のおかみさんが申しわけなさそうに応えている。権之助一家の若い衆に飛びかかろうとした市助に、しがみついて引きとめたおかみさんだった。

来た。

市助だ。

独《ひと》り者で、めしは船宿の磯幸で喰っているせいか、日々の買い物はなさそうだ。ならばなんのために……。

仁左は縁側に店開きをし、関兵衛の煙管の脂取《やにと》りをしている。

「おおう、市どん。羅宇屋さんも来てたのかい」

「おう、羅宇屋さんも来てたのかい。煙管の使い具合はどうだい」

声をかけると市助はそばへ寄って来て、

「大事に使わせてもらっているよ」

と、親しげに言う。以前、舟溜《ふなだま》りで揺れながら客を待っているあいだ、一服つける煙草《たばこ》がなんとも旨《うま》いと言っていた。

きょうも愛想がいい。

「長屋のほう、このまえ追い返されたけど、住んでいるお人らは難渋してなさるんだろうねえ」

「ああ、困ったことさ」

と、話題を避けるように、市助はそこから離れた。

そのままなにも買わずに帰ろうとする。

「市さん、また喧嘩するんじゃないよ。あんたがいてくれるの、ありがたいんだけど」

おかみさんの一人がその背に声をかけると、市助はふり返り、

「あいつら、許せねえ」

語気強く言うと、裏庭を出た。

（なぜだ）

仁左は首をかしげた。

権之助一家の若い衆らは、街道に面した野田屋の周辺には来ない。だが、長屋

に帰ると境《さかい》の道一筋にたむろしている。帰りにまた罵声《ばせい》を浴びせられるだろう。買い物がなければ出て来なければいいのに……。

市助が船宿の磯幸に出向くのはいつも午前《ひるまえ》で、このときは軽くからかわれるだけで、相手にしなければ喧嘩《けんか》にはならない。帰って来るのは、暗くなってからであり、この時分にはもう与太どもは引き揚げている。

（まるでようすを見に来たような）

仁左には思えた。

午過《ひるす》ぎには仁左も伊佐治も商いを切り上げ、帰途についた。お沙世の茶店の縁台に、蓑虫一味の残党がいつまた座るかわからないのだ。街道に歩を踏みながら仁左は市助の不可解な動きを話し、伊佐治は、

「左平次はどうやら片門前の木賃宿にはいねえようだ。お満とやらの面も拝めなかった」

声を落とし、いかにも残念そうに言った。

あとは二人とも無口で、黙々と繁華《はんか》な街道に歩をとった。

鳴岡屋敷にもぐりこんでいる野鼠の吾平は、自分の身辺を探られるのへ神経を遣《つか》っている。江戸入りしたばかりの左利きの左平次は、桜長屋の市助の部屋から

忽然《こつぜん》と消えた。権之助一味の桜長屋への嫌がらせは、まだつづいている。それらがもし仁左の言うように〝一つにつながっている〟ものなら、背後になにかが進行していることになる。

進行していた。

仁左が野田屋の裏庭で、伊佐治がまだ片門前一丁目の裏手に竹馬を据えているころである。

染谷結之助は相州屋の居間で、忠吾郎と向かい合っていた。

「似顔絵の霊験《れいけん》あらたかでしたぜ」

と、忠吾郎へ報《しら》せに来たのだ。

奉行所は、絵師が相州屋で似顔絵を描いたその日から彫師《ほりし》と摺師《すりし》をせっつき、翌日の夕刻には一人ずつ二十枚ほどの似顔絵ができあがった。それを定町《じょうまち》廻り同心と隠密廻り同心に持たせ、極秘裡に探索したのだ。もちろん、所在の判っている船頭の市助と野鼠の吾平ははぶき、狐目で眉毛も薄い左利きの左平次に集中した。

それがいたのだ。

染谷の同輩の隠密同心が見かけて尾行し、ねぐらも突きとめた。

「あっしは確かめておりやせんが、三人の中で最も特徴のある面でやすから、他人の空似はねえでやしょう。いま、玄八が張っておりやす」

染谷は言う。場所は神明町《しんめいちょう》だという。

増上寺の大門の前から東海道に向かって延《の》びる大通りを境に、南手が片門前や中門前の広大な増上寺の門前町で、北側が飯倉神明宮《いいぐらしんめいぐう》の門前町となっている。神明町はそのなかの一等地の町場である。

左利きの左平次は、その町のおもに神明宮への参詣客が利用する、小奇麗な木賃宿に入っているらしい。当然その一帯にも店頭が立っており、奉行所にとっては増上寺側と同様、手の入れにくい鬼門となっている。

なるほど盗賊が身を隠しそうな所だ。それも木賃宿はまともな旅籠《はたご》と違い、夜中でも自儘《じまま》に出入りができる。盗賊にとっては、ますます至便な宿だ。

「玄八は汁粉屋の屋台を、その木賃宿からいくらか離れたところに据えておりやす」

染谷は言う。適切な措置である。近すぎてはかえって勘づかれ、逃げられることになりかねない。

「よし、わかった。仁左と伊佐治は午過《ひるす》ぎには帰《けえ》ってくる。どちらかを確かめに走らせ、間違いなければ、あしたからでも二人を交替でその木賃宿に入れよう。玄八は引き揚げさせろ。居場所を突きとめただけで大手柄だ。あの町場で、もし玄八の顔と本業を知っている者がいたなら、やつめ、生きて神明町から出られなくなるぞ」

「へえ、おそらく」

染谷は悔しそうに返した。それが門前町なのだ。

忠吾郎はつづけた。

「おぬし、いつになればこの件に専念できる」

「あと二、三日で、お奉行もあっしも、すこしは楽になりやす」

「ふむ。本格的になにかを仕掛けるのは、それからでいいだろう。それよりも桜長屋に定町廻りを張り付けることはできぬか。長屋のお人らと野田屋さんのためにも、ともかく与太どもの狼藉《ろうぜき》を抑《おさ》えこまねばならん。武家や門前町がからんでいるが、そこはじゅうぶん気をつけて」

「わかりやした。きょうこれから奉行所に帰り、お奉行に相談してみやす」

「そうしてくれ。与太の狼藉を抑えるだけじゃや、なんの解決にもならんがなあ。正直なところ、わしもどうしていいかわからんのだ。まずは向こうの動きを見る以外にないと思うてな」

「実はあっしのほうも、どう手を打っていいのかわからねえので」

染谷は形《なり》に合った伝法な言葉で返し、急ぐように帰った。北町奉行の榊原忠之が、忠次こと相州屋忠吾郎に頼んだ仕事が、いまではすっかり相州屋が中心になっている。

忠吾郎は一人、居間に残り、ため息をついた。丸投げを請《う》けたように事態の中心になっても、これほど対手《あいて》の動きがつかめない事案は初めてである。実際こたびの件は、端《はな》から〝雲をつかむような〟話だったのだ。

五

忠吾郎が望んでいる〝向こうの動き〟は、左利きの左平次が神明町の木賃宿に移っていたことだけではなかった。

来たのだ。染谷が帰ったあとだった。

二人連れの、三十がらみの旅装束の男が二人、向かいの茶店の縁台に腰を下ろし、注文を聞きに出て来たお沙世に、

「姐《ねえ》さん、ここから金杉橋まで、あとどのくらいあるね」

道中差を腰に帯びているが、見るからに堅気の風情《ふぜい》だ。だが、上方《かみがた》なまりがあった。忠吾郎はこのとき、縁台には座っていなかった。

お沙世はハッとしたが表情には出さず、だが迷った。どのように忠吾郎に知らせるか。

お茶を二人分出すと、

「お団子や煎餅《せんべい》など、いかがでしょうか」

すこしでも時間を稼ごうとしたのだ。

「いや、口を湿らすだけやから」

一人が返し、ほんとうに口を湿らせただけで、二人は腰を上げ道中笠の紐《ひも》を結びなおした。

「ありがとうございました」

お沙世は言うと、しばし二人の背が小さくなるのを待ち、向かいの路地に走りこんだ。裏庭から忠吾郎を呼んだ。

縁側に緊張が走った。

まだ間に合う。尾行である。だが、仁左も伊佐治もまだ帰って来ていない。番頭の正之助や小僧を代わりに出すことはできない。対手が盗賊なら、素人《しろうと》の尾行など、すぐ気づくだろう。

「わしが行く。道中差に道中笠の二人連れだな。三十がらみで背は仁左とおなじくらいか」

「はい」

忠吾郎は長煙管を腰に草履《ぞうり》をつっかけ、路地から街道に出た。

急ぎ足になり、すぐにそれらしい二人連れの背を捉《とら》えた。

「ふむ」

うなずいた。いかにも堅気の風情だ。

(こいつら、当たりか外れか)

思いながら歩を進めた。

外れに越したことはないが、もし当たりなら、蓑虫一味は五人になる。あと幾人かいるかもしれないが、五人でも慣れた一群なら押入りはできる。

(まだ一味の残党がいるのなら、これが当たりであってくれ)

念じた。

「おっ」

運がよかった。前方から羅宇屋の道具箱の音とともに、古着の竹馬も見えた。二人の前を三頭ばかり連なった荷馬の列が、おなじ方向に進んでいる。二人は荷馬の列に視界をさえぎられているのか、まだ忠吾郎に気づいていない。

仁左ら二人は、道中差に道中笠の二人連れとすれ違った。街道ではよく見かける、ありふれた光景だ。

忠吾郎が荷馬の列とすれ違った。

視界が開けた。

「あっ」

こんどの声は仁左だった。

「旦那」

と、伊佐治の声がつづいた。

(脇へ寄れ)

忠吾郎は手で示した。

二人は歩を速め、指示に従った。

荒物屋の軒端《のきば》だ。まだ田町の界隈で、互いに顔は知っている。

「なんですかい、旦那」

「おめえたち、さっき旅姿の二人連れとすれ違ったろう」

仁左が訊いたのへ忠吾郎は返し、伊佐治が問い返した。

「へえ、それがなにか」

「やつら、お沙世に金杉橋の所在を訊いたぞ」

「えっ」

「ふり向くな」

伊佐治が驚きふり向こうとしたのを、忠吾郎は制した。

そのすぐあとである。仁左と伊佐治は手ぶらで前後になり、旅姿二人のあとを追った。すれ違ったときの形《なり》と音のままだったなら、旅姿二人はきっとそれを記憶に残しており、それらが尾いて来るのに気がつけば不審に思うだろう。

羅宇屋の道具箱と古着の竹馬は忠吾郎が、

「すぐに店の者を取りに来させやすので」

と、荒物屋に預けた。

陽が中天を過ぎたばかりの時分である。

忠吾郎が札ノ辻に戻って来ると、

「どうでした！」

お沙世が往還《おうかん》に飛び出て来た。興奮を懸命に抑えている。忠吾郎が仁左と伊佐治に出会ったことを話すと、いくらか安堵した表情になった。

「そう、いつものようにふるまえ。さっきの二人が〝当たり〟だと、大事なのはこれからだ」

「は、はい」

忠吾郎はお沙世の返事を背に聞いた。

お沙世は内心、さらに興奮していた。

番頭の正之助が小僧を連れて荒物屋に向かったころ、旅姿二人連れの足は金杉橋に入っていた。

（さあ、どうする）

すぐ近くに歩を取っていた仁左は念じた。

あとについていている伊佐治からも、二人連れの背は見える。並んでいる道中笠がいい目印だ。だがこたびも、面を見られないのが焦れったかった。

渡った。

（おっ）

仁左も伊佐治も胸中に声を上げた。

二人連れは橋のたもとの船宿・磯幸に入ったのだ。

仁左と伊佐治の心ノ臓は高鳴った。この時分なら、船頭の市助がすでに出ているはずだ。

（ここでつなぎを取る気か）

仁左と伊佐治は推測した。これで二人連れは、忠吾郎が望んだ〝当たり〟に間違いないようだ。仁左と伊佐治は、別々の物陰に身を隠し、二人連れの出て来るのを待った。こうしたとき、互いにひたいを寄せて段取を話し合わなくても、息は合っている。三島から江戸まで、気づかれずに左平次を尾けて来たのだ。

出て来ない。

待ちながら伊佐治は、

（こうなるとわかっていたら、竹馬を持って来るんだったぜ）

思わずにはいられなかった。磯幸の前で店開きをすれば、いくらでも堂々と待つことができたのだ。

仁左も焦れていた。

同時に、

（おかしい）

思えてくる。

すでに半刻（およそ一時間）近くを経ているのだ。

仁左もまた、

（道具箱、持ってくりゃあよかったぜ）

思った。

道具箱を背負っておれば、

『へい、羅宇屋でござい』

と、裏手から声をかけて市助を呼び出し、磯幸のあるじか奉公人に引き合わせてくれと頼むふりをして、ようすを探ることができる。手ぶらでそれをやったのでは不自然になる。

路地から小僧が出て来た。磯幸の勝手口に通じる路地だ。丸に幸の字が入った、磯幸の半纏《はんてん》を着けている。

仁左は思い切って往還に出た。これには伊佐治もおなじことを思った。

「おう、小僧さん。磯幸の人だねえ。俺は桜長屋に出入りさせてもらってる者だが、船頭の市助さんてのがいなさろう。しっかり働いていなさるかい」

いきなり声をかけてきた職人姿の男に、小僧は驚いたように足を止め、

「え、そりゃあまあ。さっきも一見《いちげん》のお客さん二人を乗せて漕《こ》ぎ出しましたが、それがなにか」

「いや、なんでもねえ。ちょいと知り合いなもんでな。ただそれだけだ」

「さようで」

小僧は急ぐように去った。

（やられた！）

見失ったのだ。

六

大失態である。

旅姿の二人連れが尾行に気づき、とっさの機転を利かせたのか、それとも磯幸でつなぎを取るのが当初からの予定だったのか……。

「気づかれた気配はまったくなかったが」

「俺もそう思う。やつら、一回もふり返らなかったからなあ」

仁左と伊佐治は話し合ったが、なんの解決にもならない。

「ともかくこのことを忠吾郎の旦那に」

「うん、それしかあるまい」

二人は急ぎ取って返した。

忠吾郎と染谷にも、失態と気づかない失態があった。

遊び人姿の染谷が急ぐように街道を返し、神明町に立ち寄って玄八に引き揚げを言ったとき、玄八はホッとした表情になった。そこが門前町であれば、敵地に入った密偵のような気分になっていたのだ。

「あしたから仁左どんか伊佐治どんが来るはずだ」

「そりゃあそのほうが……」

言いながら玄八は帰り支度を始め、早々に引き揚げたものである。

このとき、危険を冒《おか》してでも神明町にとどまっていたなら、似顔絵の一人、磯幸の半纏を着けた市助の姿を見いだしたはずである。市助は一人で、旅姿の二人は一緒ではなかった。

相州屋では、小僧が古着の竹馬を担ぎ、正之助が羅宇屋の道具箱を背負い、羅宇竹の音とともに帰って来たのへお沙世が、

「あら、よくお似合いですねえ」

と、冗談の声を投げた。興奮はもう鎮《しず》まったようだ。

番頭と小僧が帰ったのと入れ替わるように、忠吾郎が出て来て縁台に腰を据えた。ふらふらとした喰いつめ者を見分けるのではなく、高輪大木戸のほうから来る旅姿の者を、さりげなく注視している。さっきの二人連れ以外にも、それらしいのを見定めようとしているのだ。

「仁左さんと伊佐治さん、どこまで行ったのかしら」

「うぉっほん」

お沙世が言ったのを、忠吾郎は咳払《せきばら》いで制した。となりの縁台に、駕籠《かご》舁き人足が二人、茶を飲みながら一服つけていたのだ。

縁台の客は入れ替わり、大八車の人足が二人座っている。

お沙世が団子の皿を出し、

「あっ、帰って来た」

低い声を上げた。

逆方向を見ていた忠吾郎もふり返り、腰を上げ、

「あとを頼む」

見張りである。お沙世に低く告げると、寄子宿への路地をあごで示した。

仁左と伊佐治である。急ぎ足で、音もしないのですぐ近くに来るまで気がつかなかった。さきに立って路地へ入る忠吾郎の背を、お沙世はふたたび興奮をよみがえらせたような表情で見送った。

仁左と伊佐治は、仕事から帰って来るといつも笑顔でお沙世と言葉を交わすのだが、仁左がかすかに首を横に振り、伊佐治とともに忠吾郎につづいて路地に入った。表情が、二人ともこわばっている。

（どうしたのかしら）

お沙世は心配な表情に変わった。

裏庭に面した奥の居間である。

三人は鼎座《ていざ》になった。二人の表情から忠吾郎は、

「どうしたい。見失ったか」

「へえ、申しわけありやせん」

と、仁左はことの次第を話し、

「気づかれたようすはねえのでやすが」

伊佐治の言葉に、忠吾郎は無言でうなずいた。

「まあ、仕方あるめえ。午前中、染谷が来てなあ」

と、神明町の小奇麗な木賃宿に左平次が入っており、玄八に見張りを解かせた件を話した。

「ならば、あの二人も神明町に入ったのでは」

「いや、盗賊が一箇所に固まることはない」

などと、さまざまな意見を出し合ったが、推測に結論は得られない。

伊佐治が言った。

「なんならこれからあっしが神明町にひとっ走り行って、確かめて来やしょうかい。あそこは確かに玄八どんじゃ危ねえ」

「いや。そう思ったが、きょうはもういい。これで、判っているだけでやつらは五人そろったことになるが、だからといって、きょうあすにも動き出すことはあるめえ。左平次が木賃宿を足溜りにしたのは好都合だ。すまねえが、あしたから交替でその木賃宿に泊まりこんでくれんか」

「お安いご用で」

「そうしやすが、桜長屋のほうはどうしやす。あそこのお人ら、毎日のことで、見ちゃあおれやせんぜ」

仁左が言ったのへ忠吾郎は応えた。

「染谷に、せめて定町廻りを出すよう奉行に言っておけと頼んだ。根が買収の話じゃ、わしらが立ち入ることはできねえ」

「そうそう、松太と杉太の野郎。もうかなり元気になっておりやすぜ。そろそろじゃござんせんかい」

伊佐治が訊いたのへ忠吾郎は、

「きょうから日銭を稼げ、と午前中はお沙世の茶店の裏で薪割りをさせ、午後は近くの飲食の店に話をつけ、皿洗いや薪割りの仕事に出している。まあ、二、三日中に、またわしが直接、目見得に連れて行こうかと思っているのだが、それまでに定町廻りが嫌がらせの与太どもを抑えこんでくれればいいのだが」

落ち着いた口調で言った。

桜長屋の近くに、きょうも権之助一家の若い衆が幾人かうろうろしており、それをまた弥之市一家の若い衆が物陰から見張っている。見張ってどうするわけではない。どうすることもできないのだ。

弥之市一家の住処では、弥之市と代貸《だいがし》の辛三郎が、

「片門前一丁目の壱右衛門親分は、権之助一家に怒ってはいても腰を上げてはく

れねえし」

「相州屋のお人らも、動いてくれているのかどうか、さっぱりわかりやせん」

と、情けない愚痴《ぐち》をこぼし合っている。

一方、権之助一家では、

「親分、あの長屋の連中、なかなか音《ね》を上げやせんぜ。野田屋のまわりまで出張るわけにゃ行きやせんし。火でも付けやすか」

「めったなことを言うな。頑強に抗っている野郎、磯幸の船頭だったなあ」

「へえ、そのとおりで。あ、わかった。古川でやつの舟をひっくり返し、磯幸に居られねえようにする」

「そういうことだ。こっちからも舟を出さなきゃならねえ。用意しろ」

と、店頭の権之助と代貸の庄七が、物騒《ぶっそう》な話をしていた。

七

その日、外はまだ明るかった。

寄子宿の長屋に戻った仁左と伊佐治は、

「あしたから神明町の木賃宿か。どっちがさきに行く」

「まあ、一緒に昼間あのあたりをながし、それから決めようかい」

などと、久しぶりにできた暇《ひま》を持て余し気味に話していた。

松太と杉太が帰って来て、仁左と伊佐治の部屋にあいさつを入れた。

「おかげさまで、きょうから働いています」

と言う言葉に、心がこもっている。

おトラとおクマも帰って来た。

仁左と伊佐治が、自分たちの部屋で寝ころがっているのを見ると、

「あんれ、もう帰っていたかね。きょうはどこへ」

「お汁粉屋さん、会わなかったのかね」

と、声をかけ、自分たちの部屋に戻った。きょうは近場をまわっていたか、すぐに倒れ込むようなことはなかった。

おもてでは、お沙世が暖簾を下げ、縁台を中にかたづけ、相州屋の裏手に行って、縁側越しに忠吾郎から仁左たちの首尾を訊いた。見失ったことに、

「なんだか恐い」

肩をすぼめた。

忠吾郎は言った。

「また絵師が来て、似顔絵を描くことになるかもしれねえ。そのときはまた合力してやんねえ。仁左も伊佐治も、やつらのうしろ姿しか見ていねえんでなあ」

「そりゃあもちろん合力します。なんならわたし直接、找しに行きましょうか」

などとお沙世は、冗談とも本気ともつかぬ口調で言った。

街道は門前町や繁華な日本橋界隈と異なり、日の入り近くになると往来人も大八車も荷馬も、明るいうちに仕事を終えようと忙《せわ》しくなり、その慌ただしさが過ぎると人通りは絶える。

相州屋もお沙世の茶店も、まわりとおなじように雨戸を閉めた。番頭の正之助は通いで、近くに所帯を構えており、さっき帰ったばかりだ。

やがて夜は更《ふ》け、そしていつものように朝を迎えた。

東の空は明るくなり、間もなく日の出を迎えようという時分だった。

おもてに人の駈ける足音がした。お沙世の兄で浜久の久吉である。金杉橋から一目散に走って来たのか、料亭の亭主が単《ひとえ》の着物を尻端折《しりっぱしょり》に髷《まげ》を乱して汗を噴き、息もたえだえに激しく叩いたのは、祖父母と妹のいる茶店の雨戸ではなく、向かいの相州屋のほうだった。

小僧が飛び起き、奥に寝ている忠吾郎も、

（なにごと！）

上体を起こすと、すかさず枕元の長煙管を手に取った。鉄製で仁左が忠吾郎に頼まれ、鍛冶屋《かじや》に発注してあつらえた特注品で、吸い口の部分が握りやすく、雁《がん》首《くび》がひときわ頑丈《がんじょう》にできている。忠吾郎は外出のおり常に身に帯びているが、それは人を殺さない武器であった。

荒い息で、

「忠吾郎旦那、起きてくだされっ、開けてくだされっ」

叫びながら雨戸を叩く音は近所にも聞こえた。向かいの茶店はむろん、路地奥の寄子宿にも聞こえている。

「あの声は！」

久吉であることに、忠吾郎とお沙世は同時に気づいた。

仁左と伊佐治の動きは速かった。夜着のまま帯だけ締めなおし、脇差を手におもてに走った。

「おっ。浜久の旦那！」

「いったい、なにが！」

見ると久吉も夜着のままで裸足《はだし》だった。出るときは草履を履いていたのだろうが、途中で脱ぎ捨てたようだ。

相州屋と茶店の雨戸が同時に開いた。

顔をのぞかせたのは忠吾郎とお沙世だ。いずれも夜着のままである。近所の家も雨戸が動きはじめた。

「さあ、ともかく中へ」

仁左と伊佐治が久吉を両脇から抱え、相州屋の玄関に入れた。

「兄さん、いったい、どうしたというの」

と、お沙世もつづいた。

奥の居間である。

「あ、あ、あ」

あまりにも駈けたからか、久吉は言葉が出ない。

小僧や老女中よりも勝手知った他人の家か、お沙世が素早く台所から柄杓《ひしゃく》ごと水を運んで来た。

久吉は一気に飲んだ。半分はこぼした。

畳が濡《ぬ》れた。

「ふーっ」

「さあ、兄さん。いったい何が」

息をつく久吉の背をお沙世はさすった。

おクマもおトラも起きてきて、縁側に上がりこんでいる。松太と杉太の顔もある。おもての玄関からは近所の者が数人、開けられた雨戸から心配そうに中をのぞきこんでいる。

お沙世の顔は蒼《あお》ざめていた。久吉が来たのだから、義姉のお甲の身に何かがと予想したのだ。

ようやく久吉が話しはじめた。

「野田、野田屋、野田屋さんがっ」

まだ息が整っていない。

「なに！　野田屋さんがどうしたっ」

忠吾郎が久吉の両肩をつかんだ。

仁左と伊佐治が、座りこんだ久吉をまだ左右から支えている。

「野田屋さんがどうしたの、兄さん！」

背中をさすりながらお沙世も質《ただ》した。

忠吾郎が肩をゆすり、

「言え、言うのだ、久吉さん！」

「と、盗賊にぃ、みな、皆殺しにぃ」

「なに！」

部屋の時間が一瞬、止まった。

「まさか！」

静寂を破った声は仁左だった。

蓑虫一味の残党が江戸入りしているのを知っているのは、このなかでは忠吾郎と仁左、伊佐治、それにお沙世だけである。

四人の脳裡には、その名が走った。

互いに顔を見合わせ、忠吾郎がことさら落ち着いた声で、

「ほんとうに皆殺しか。生きている者はいないのか」

久吉は首を横に振った。

（いない）

と、言っている。

こんどはいくらか息を整え、ふたたび話しはじめた。

住み込みで朝の早い包丁人が二人、日本橋の魚河岸《うおがし》へきょうの買い出しに行こうと籠《かご》を背負い、浜久を出た。まだ薄暗い。金杉橋を渡れば野田屋はすぐそこである。二人はまだ雨戸の閉まっている野田屋の前にさしかかった。

裏手のほうから、男の悲鳴が聞こえた。

「——なんだろう」

包丁人二人は街道から路地に入り、裏手にまわった。

野田屋の板塀の勝手口が開いており、中で人の動く気配がする。のぞいた。

「——うわっ」

声を上げた。母屋の勝手戸が半開きになり、そこから人の死体が半分ころがるように出ている。その前に、毎日夜明けごろに来るしじみ売りが尻もちをついて死体を指さしていた。

包丁人二人は驚き、一歩母屋の中に入り、血のにおいを嗅《か》いだ。物音はない。すぐさま一人が自身番に走って人を呼び、数人がそろってから中に入った。

忠吾郎も仁左も、久吉の話すその状況から、手慣れた者の仕業と覚った。奥の部屋の手文庫や納戸が集中的に荒らされていたという。

久吉は包丁人の知らせを受け、

「ともかく相州屋さんに」

と、走って来たのだという。

「行くぞ、お沙世、駕籠屋を呼んでくれ」

「は、はい」

札ノ辻に駕籠屋が一軒ある。駕籠舁きはまだ寝ていたが、相州屋の用だと言うとすぐに来た。

忠吾郎が駕籠に揺られ、両脇を身なりを改めた仁左と伊佐治が走った。

日の出だった。街道にはすでに人が出はじめている。うわさはまだ街道を走っていない。緊迫しているのは札ノ辻だけである。往来の者は怪訝《けげん》そうに駕籠の一行に道をあける。

久吉は現場を詳しく見てから走って来たのではない。野田屋には祝言を待つばかりの友造とお仲もいる。口入れしたばかりの伊吉とおヨシもいる。

駕籠に揺られながら、また走りながら、

(生きていてくれ)

三人は心中に叫んでいた。

四　夜半の仇討《あだう》ち

一

（一人でもいい、生きていてくれ！）
忠吾郎も仁左も伊佐治も、思いは一つだった。
すでに陽は出ている。
走っている。
金杉橋に入るまえから、野田屋の前に人垣の出来ているのが看《み》て取れた。
浜久の前を過ぎ、橋を渡った。
「なんなんですかい、これは!?」
駕籠舁《かごか》きが驚きの声を上げた。

駕籠からころげ出た忠吾郎は、息せき切っている仁左と伊佐治に助けられ、人垣をかき分けた。

「だめだ、入っちゃいかん!」

止められた。

雨戸が一枚だけ開けられ、浜松町の町役《ちょうやく》たちが立ちふさいでいる。

ここで相州屋だと言っても効《き》かない。

「せめて生きているお人は!」

「ともかく、奉行所のお役人が来るまで待ちなされ!」

訊《き》いても町役は応えるだけだった。

すぐだった。

人垣がざわついた。

「どけどけいっ」

怒鳴り声が聞こえた。

町方が駈《か》けつけたのだ。

野次馬は捕方の六尺棒に押し返された。

忠吾郎も仁左も伊佐治も、野次馬の一人にすぎない。

陣笠《じんがさ》に野袴《のばかま》の与力が一人、同心姿の者が二人、打込み装束ではなく着ながしを尻端折《しりつぱしより》にしているものだから、あまり格好のいいものではない。自身番からの報《しら》せを受けた奉行所も、大いに慌てたのが看て取れる。それでも鉢巻《はちまき》にたすき掛けの捕方は十数人も随《したが》えていた。

出入り口の見張りは町役からそれらの捕方に交替し、あとにつづこうとした忠吾郎らは六尺棒に押し返された。

町方のなかに、染谷と玄八が混じっていた。いつもの遊び人姿に、道具立てはないが屋台のおやじ風である。

押し返された忠吾郎たちに、玄八がそっと近づいた。

「すまねえ。隠密《うち》の旦那《だんな》から、浜久で待っていてくだせえ、と」

「わかった」

忠吾郎が返し、三人は身をかがめ、人囲いの外に出た。

浜久は雨戸こそ開けていたが、当然ながら暖簾《のれん》はまだ出していない。迎えた女将《おかみ》のお甲は蒼《あお》ざめていた。川を挟《はさ》んでいるが、となり同士も同然の野田屋に賊が入ったのだ。野次馬たちの声も入っている。

――皆殺し

仲居たちも含め、薄化粧もなく髷《まげ》もまだ整えていない。

「けさ、うちの人が」

「ああ、ありがとうよ。それですっ飛んで来たんだ。いつもの部屋を。お構いは無用だ。あとでいつもの顔ぶれがそろうから」

「は、はい」

お甲は三人を奥の部屋に案内した。この時分、小料理屋といえど出せるものはお茶しかない。

部屋に落ち着き、忠吾郎は帯をさすり、

「あっ」

声を上げた。長煙管《ながぎせる》を忘れたことに、いま気づいた。

仁左と伊佐治は脇差《わきざし》を帯びていたが、なにも応えず押し黙っている。忠吾郎の心境をおもんぱかっているのだ。三人とものどが渇いていように、お甲が直接運んで来たお茶に、まだ手をつけていない。

早く状況を知りたいのだ。

ようやく忠吾郎が湯飲みを手にし、口を湿らせた。

ぽつりと言った。掠《かす》れた声だった。

「すまねえ」

誰に対して……。それが解《わか》るのは、仁左と伊佐治だけだった。

野田屋関兵衛に、あるいは番頭の友造に、

（一言、蓑虫一味の存在を耳に入れていたなら）

その機会はいくらでもあったのだ。

それだけではない。

きのうのことである。

神明町の木賃宿《きちんやど》に、昨夜のうちに仁左か伊佐治を入れていたなら、左平次の動きに気づいたはずである。

（惨劇《さんげき》は防げていた）

忠吾郎だけではない。仁左と伊佐治の脳裡《のうり》にも、響くようにそれが去来していた。

まだある。新たに二人が江戸入りし、見失った経緯《いきさつ》をまだ染谷たちに話していないのだ。

伊佐治はようやく湯飲みを手に取り、のどを湿らせた。

「神明町を、ちょいとのぞいて来やしょうか。桜長屋の市助も」

仁左が返答を待つように、忠吾郎に視線を向けた。

「うーむむむっ」

忠吾郎はうなった。これまでの判断が、すべて凶と出ているのだ。

廊下に足音が……。

三人はそれを待っていた。だが、怖ろしくもあった。

(せめて一人……いや……数人は)

その願いがある。

現場を確認した染谷と玄八が来れば、すべてが明らかになる。

お甲の声よりも、

「相州屋のお人ら」

と、染谷の声がさきに立ち、ふすまが開いた。

染谷一人だった。

お甲が染谷のうしろで膝《ひざ》を廊下についている。

「どうだった」

「上方《かみがた》と、おなじでやした」

低い声で、染谷は言った。

緊張と望みの糸が切れたような雰囲気《ふんいき》に、座は包まれた。

ふすまは開けられたまま、女将のお甲は立ち去りがたい表情で、まだ廊下に両膝をついている。遊び人姿でも、染谷が深編笠《ふかあみがさ》の北町奉行の配下であることは知っている。だが〝上方と……〟と言われても、意味がわからない。

忠吾郎が低く言った。

「生きている者は、いないとのことだ」

「やはり」

お甲も低く返し、そっとふすまを閉めた。

部屋の中は四人である。この時刻、埋まっているのはこの部屋だけである。

「玄八どんは？」

「野田屋の裏手のほうをまわり、すぐここへ来ることになっておりやす」

仁左の問いに染谷は返した。目的はすぐにわかった。長屋の住人たちが、裏手の勝手口のほうへ押しかけていることだろう。

染谷は現場のようすを話した。

見取図よりも詳しく屋内のようすを知っている者の犯行と思われる。奉公人の部屋、家族の部屋と順に、しかも騒がれるまえにそれぞれ心ノ臓を鋭利な刃物で

ひと突きにされ、

「即死と思われまさあ。部屋の荒らし方も手当たり次第ではなく、金の在《あ》り処《か》を知っているように、そこだけが狙《ねら》われておりやした」

それらを事前に探ることができたのは、権之助一家に抗《あらが》い、長屋の店子《たなこ》を代表して幾度《いくど》も野田屋に勝手口から出入りしていた市助しかいない。

盗まれた金は、百両か二百両か、あるいは八百両か千両か、

「まったく見当がつきやせん。これだけ効率よく見事にやってのけたとは、かえって大人数じゃありやせん。手慣れた者が五人か六人……。あっしらの知らねえやつらが、まだ二、三人いたってことになりまさあ」

忠吾郎、仁左、伊佐治にとって、耳の痛い言葉である。

「実はなあ……」

「いや、それはあっしが」

と、忠吾郎が口を開きかけたのへ仁左が割って入り、きのう二人連れを見失った経緯を話した。

「そうだったのですかい。ならば五人組ということになり、そやつらの面も割れているとなれば、向後の探索がしやすくなりまさあ」

三人にとって、ありがたい言葉だった。

「実は、あっしは奉行所から呼び出しを受けるとすぐ玄八につなぎを取り、二人で定町廻《じようまち》りより早く出て、まず神明町に走りやした」

三人は無言のままひと膝まえにすり出た。向後の探索を、左右するかもしれない言葉である。

「左平次め、どうやらまだ居座っているようでやした」

「ふむ」

うなずきを返したのは仁左だった。

染谷の言葉が〝いるようで〟と、推測をまじえた表現になったのは、自分の目で確かめたのではないからだった。

木賃宿に入り直接確かめるのは、探索を察知される危険をともなう。近くをふらつき、木賃宿から出て来た小間物の行商人に声をかけ、宿にいま空き部屋はないか、昨夜引き払った者はいるかなどを、それとなく訊いたのだ。いなかった。

「――引き払う者などいなくても、いつでも泊まれやすぜ。縁日のときなどは無理だが」

小間物の行商人はなんの疑いもなく応え、朝早くから仕事に出かけた。

伊佐治が応じるように言った。

「だったら、戸端屋敷の野鼠《のねずみ》野郎、吾平も」

「それの探索は、ちと難しゅうござる」

染谷は不意に武家言葉になった。支配違いが念頭を走ったのだ。

廊下に足音が立った。玄八が来たのだ。

部屋は五人になった。

「で？」

仁左と伊佐治は玄八のほうに膝を向けた。忠吾郎も染谷も注視している。

「へへ、似顔絵が役に立ちやしたぜ」

玄八はそれらの視線を受け、語りはじめた。

「みょうですぜ。やつら、押込みで一稼ぎしたら姿を消してもおかしくないのに、左平次は神明町を動いていねえようだし、市助も長屋の衆と一緒に野田屋の勝手口につめかけ、顔面蒼白《そうはく》になっておりやした。それに、情けを知らねえのが、権之助一家の与太《よた》どもでさあ。まだ朝も早《はえ》えというのに、あの境《さかい》の往還《おうかん》に出て来やがって、右往左往している住人らをからかっているんでさあ」

実際、みょうだ。市助と左平次はきのうとまったく変わりはない。権之助一家については、いかに与太の集まりとはいえ、こうした大事件が起これば愕然《がくぜん》となり、ようす見のため一両日はおとなしく鳴りを潜《ひそ》めるものである。それが、

「――へん、おめえら。家主《いえぬし》の野田屋がえれえことになっちまったなあ。もうこの長屋は誰のものでもねえ。さっさと出て行ったほうが身のためだぜ」

などと浴びせているというのだ。

伊佐治が言った。

「あの往還は門前町の範囲じゃねえ。与太どもと一緒に市助も番屋に引っ立て、きりきり痛めつけりゃあ、なにか見えて来るものがあるんじゃねえですかい」

「だめだ」

「そう。だめだ」

染谷が言ったのへ、忠吾郎もつづいた。仁左も同感だった。

なぜ権之助一家の嫌がらせに抗っているのかの疑問は残るものの、市助が蓑虫一味の一人であることは、これまで浜久で談合してきた面々の共通認識である。いまの玄八の報告を聞いても、そこに揺るぎはない。この分だと、野鼠の吾平も戸端屋敷の中間《ちゅうげん》部屋にまだいることだろう。盗賊なら、人知れず夜中に出かけ、夜中に帰って来て白壁の塀を乗り越え、あるいは事前に細工をしておいて勝手口

を開けるのは、できないことではない。賭場《とば》通いの不逞《ふてい》な中間が、夜半知らぬ間に帰っているなど、珍しいことではないのだ。

所在の判らないのは、きのう江戸入りした二人だけである。

ここで市助を番屋に引っ立てたなら、そやつらも木賃宿の左平次も、戸端屋敷の吾平も姿をくらましてしまうだろう。

所在のつかめぬ者、居場所が判っていても奉行所が手を入れにくい所にいる者どもを、一網打尽《いちもうだじん》にするには用意周到な秘策が必要である。それが染谷と忠吾郎と仁左の脳裡にながれている。

(どのような秘策)

いま急には浮かばない。

染谷が言った。

「これからのおもての探索は定町廻りに任せ、われらはお奉行と相談し、策を練《ね》りましょう。つきましては、ここはちと遠すぎます。日本橋に近い茶店に場を移したいが、いかがでしょう」

伝法《でんぼう》な言葉が消えている。日本橋なら呉服橋の北町奉行所に近い。染谷が奉行の忠之と談合し、その結果を忠吾郎たちに知らせ、互いに策の調整を諮《はか》ろうというのだ。

「よかろう」

忠吾郎が応じると染谷は、

「私はさきに奉行所へひと走りします。玄八、相州屋さんをいつもの茶店に案内して差し上げろ」

言うと座を立ち部屋を出た。

これまでは相州屋が主体になっていたが、事件が発生してからは、中心が染谷結之助に移ったようだ。

二

浜久を出た一行は、野田屋の前を通った。人だかりができている。捕方がそれらを押し返している。屋内では定町廻りによる検分とかたづけが進んでいることだろう。

忠吾郎たちは立ち止まり、人垣のうしろから合掌《がっしょう》した。

（すまぬ）

忠吾郎はまた詫《わ》びた。

どこに誰の目があるか知れたものではない。一行は玄八を先頭に、まるで誰かを尾行するように、一人ずつ間隔を取って歩を進めた。

いずれも、足取りは重かった。

日本橋のすこし手前だった。街道に面した、奥に座敷がある小奇麗な茶店だった。奉行所で話せない談合などに、染谷はいつもここを利用しているらしく、玄八が入ると茶汲《く》み女は心得ていて、奥の離れのような部屋に案内した。なるほどここなら、立ち聞きされる心配もない。

待った。

重苦しい雰囲気のなかに、手持ちぶさたでもある。

伊佐治がぽつりと言った。

「松太と杉太、間一髪《かんいっぱつ》で命拾いしやしたな」

仁左が伊佐治を諫《いさ》めるように、軽く咳払《せきばら》いをした。

だが、実際にそうなのだ。

松太と杉太が健康体で相州屋の寄子《よりこ》になっていたなら、番頭の友造が小僧をあと二人と依頼してきたとき、すぐにも忠吾郎は二人を目見得《めみえ》に出しただろう。おそらく、すこしまえ奉公に上がったばかりの伊吉とおヨシにつづき、野田屋の奉公人となっていたはずだ。その結果……。

それを〝命拾い〟と言えば、伊吉とおヨシの犠牲はどう言えばいいのか。忠吾郎の身を苛《さいな》む以外のなにものでもない。そのほかにも、あるじの関兵衛をはじめ、多くの犠牲者を出しているのだ。

伊佐治は気づいたか、そこにはもう触れなかった。

忠吾郎は染谷を待つあいだに、

(すまぬ)

思いが、

(仇《あだ》は必ず、わしの手で！)

そこに慥《しか》と変化していた。あとはさきほどまで考えていた〝一網打尽〟をとおり越し、五人まとめて討ち果たす策を練るばかりである。

その決意を、仁左は忠吾郎の表情から読み取った。

部屋に近づく足音が聞こえた。

染谷だ。

ふすまが開いた。

「奉行はなんと言うておった」

染谷があぐら居になるより早く、忠吾郎は問いかけた。〃わしの手で〃と決めれば、かえって奉行所の動きが気になる。

「さすがはお奉行です」

言いながら染谷はあぐらを組み、

「おもての探索は定町廻りに任せ、われらの探索はそのままつづけよ。居所と面の割れている三人はそのまま暫時《ざんじ》泳がせ、そやつらの似顔絵は定町廻りに提示してはならぬ。残りの二人の似顔絵を至急作成し、居所が判った時点で定町廻りにも似顔絵を示し、一網打尽にする策を考える……と、お奉行は仰《おお》せでした」

「ふむ」

忠吾郎はうなずいた。

忠之も、一人を捕えて四人を逃がすことを恐れているようだ。

仁左が念を押すように、問いを入れた。忠吾郎の決意を、具体化するためである。仁左もその気になっているのだ。

「さっきおめえさんが言いなすった〃われら〃とは、つまり、この顔ぶれでやしょうなあ」

「いかにも」

染谷は返した。

「そんなこと、決まってるじゃねえか」

「おう」

伊佐治が喙《くち》を容《い》れたのへ、玄八が応じた。

染谷がまた言った。まだ武家言葉である。遊び人姿であっても、いましがた奉行所で奉行と密談をしてきた余韻《よいん》が残っているのだろう。

「したが、隠密《おんみつ》廻りの同輩が幾人か、手を貸してくれることになっております。よろしいな、相州屋さん。ここはお汲みとりいただきたい。似顔絵を頼りに左利きの左平次を見つけ、神明町のねぐらを突きとめたのも、それがしの同輩でござった」

「よかろう。心強い限りだ」

忠吾郎は返した。

忠吾郎たち三人が小奇麗な茶店を出たのは、陽が中天にさしかかった時分だった。おなじ街道でも日本橋から京橋のあたりまでは、両脇の商舗《みせ》はいずれも小奇麗で、茶店の縁台にも赤い毛氈《もうせん》がかけられ、よそ行きの装《よそお》いをしているように感じられる。

それに対し、札ノ辻がある田町あたりは旅姿の者もけっこう行き交《ゆか》い、いかにも東海道筋という趣《おもむき》がする。金杉橋を過ぎたあたりから街道の感触は消え、日本橋につながるご府内の繁華《はんか》な通りとなるのだ。

その京橋のあたりで、三人ともようやく空腹を覚えた。日の出まえに相州屋を飛び出してから、腹に収めたのはお茶ばかりだった。さきほどの小奇麗な茶店でも、頼めばなにか出たろうが、胸に詰まる緊張から空腹はまったく感じなかったのだ。

すこし枝道に入り一膳飯屋《いちぜんめしや》の暖簾をくぐった。混み合っていると感じたのは、客同士が興奮気味に話し合っているからだった。店場の土間の縁台に腰かけ、三人は顔を見合わせた。話の中心になっているのは、駕籠舁き人足のようだ。となりの縁台である。

「そうよ、一家皆殺しだぜ。増上寺の前の街道さ。浜松町だ。人だかりがなかなか去らねえ。そこへ血のにおいよ。醬油《しょうゆ》じゃねえぜ」

「うっ。そんな話をするねえ」

煮物に醬油をかけようとしていた男が言った。

浜松町も京橋も街道一本でつながっている。うわさはもうながれて来ている。

「女も子供もかい、皆殺しっていうからにゃ」

駕籠舁きに訊く者もいる。

忠吾郎はむろん、仁左も伊佐治も、店を飛び出したかった。防げていた事件なのだ。

「ともかく、腹に収めるものは収めておこう」

忠吾郎は言った。

あとは三人とも無言だった。

ふたたび街道に出た。

行き交う武士も町人も、荷馬、大八車なども、さきほどよりせわしなく感じるのは、やはり気のせいかもしれない。

駕籠舁きが言っていたとおり、野田屋の前はまだ野次馬がおり、六尺棒の捕方が立っていた。

三人はまた手を合わせ、足早に通り過ぎた。心ノ臓が高鳴り、いまは絶えた野田屋の面々に、合わせる顔がないのだ。

通り過ぎながら、忠吾郎はふたたび念じた。

(仇は、きっとわしの手で)

伊佐治も仁左につづき、忠吾郎の表情からそれを感じ取った。

札ノ辻に帰ると、

「もう、ここにもうわさが！」

と、お沙世が茶店から飛び出て来た。

〝うわさが〟というより、この札ノ辻が近辺のどこよりも早く事件を知ったのだ。お沙世はそれ以外に、茶店の縁台に座った馬子《まご》や大八車の人足などから聞いたのだろう。

「ほんとうに、ほんとうに？」

と、その口調は、兄の久吉が伝えた第一報や街道にながれているうわさが、大げさなものであることに、一縷《いちる》の望みを乗せていた。

仁左が黙って首を横に振った。

お沙世は両手で口を押さえ、往還のまん中で棒立ちになった。目には堪《こら》えていた涙を滲《にじ》ませた。

「おっと姐《ねえ》ちゃん、危ないぜ」

大八車がその横を、音と土ぼこりを立ててかすめて行った。

忠吾郎がお沙世の背を茶店のほうへそっと押し、

「きょうもまた絵師が来る。きのうの二人の似顔絵だ。店の都合をつけて、ちょいと来てくれ。それに、話もあるから」

「えっ」

お沙世は小さく驚きの声を上げ、うなずいた。

いつもの裏庭に面した居間に、忠吾郎を中心に仁左、伊佐治、それにお沙世の顔がそろった。お沙世はもう泣いていなかった。それよりも忠吾郎の言った〝話もあるから〟に、期待を寄せている風情《ふぜい》だった。

仁左がお沙世に、犯行は五人ほどと推測でき、これから似顔絵を描く二人をのぞき、桜長屋の市助をはじめ、三人とも素知らぬふりをして居所を変えていないことなどを手短に話した。

「えっ、もうそこまで判っているのに？」

「そうさ。やつら、いかに凶暴で手慣れた盗賊だといっても、てめえたちの面も居所も割れていることに気づいていねえってことだ。それに居所が門前町と武家地じゃ、奉行所の動きも鈍《にぶ》かろうと踏んでやがるのよ」

「それじゃ、桜長屋の市助は？」

「ああ、てめえに疑いのかからねえように、野田屋の側について権之助一家の連中に抗う芝居をしていただけかもしれねえ」

いま野田屋に入っている定町廻り同心の探索の目が、これからどこに向くかはおよそ見当はつく。市助の行動の不可解さについて、初めて出た見解だが、外れてはいないだろう。言ったのは仁左で、忠吾郎も伊佐治もうなずいていた。

忠吾郎がゆっくりと達磨《だるま》顔の口を開いた。

「そこでだ、わしは決めたぞ。似顔絵のことでは奉行所に合力《ごうりき》しても、やつらの処刑場は鈴ケ森にはさせねえ。鈴ケ森に用意させるのは、生首を乗せる獄門《ごくもん》台だけにしてやるってな」

「それじゃ親分、いや、旦那。やっぱりやつらを俺たちの手で？」

「そうさ。のるかそるかの秘策は、もう考えた」

伊佐治が身を乗り出したのへ忠吾郎は返し、

「いかように」

仁左もひと膝まえに進めた。

そこへ、ふすまの向こうから番頭の正之助の声が聞こえた。

「このまえの絵師のお方がお見えですが」

道具持ちの玄八に、染谷も一緒だった。染谷は奉行所でも、もうすっかりこの件の専従になったようだ。

三

絵師の横に座り、きのうの二人の顔かたちを語るお沙世の声は、緊張気味だった。無理もない。この二人も昨夜、野田屋で友造とお仲、伊吉とおヨシたちを殺したのだ。

できあがった。

「そう、この顔です」

お沙世は太鼓判《たいこばん》を押した。

「それじゃ玄八、これをすぐ持って帰り、あした中に間に合わせるのだ」

「へいっ。彫り師も摺《す》り師も、すでに待たせてありますさあ」

と、玄八と絵師はさきに帰り、染谷は残った。

仁左と伊佐治の顔に困惑《こんわく》の色が走った。さっき、忠吾郎の独自の〝秘策〟を聞きそびれたのだ。

だが、忠吾郎は即座に決めた。

（染谷なら解ろう）

染谷は座の微妙な雰囲気を察したか、この場に似合った伝法な口調で言った。

「似顔絵は当面、隠密廻りだけのものでござんすから、安心してくだせえ。探索を相手に気づかれるようなへまはしやせん」

「そりゃあ、わからねえぜ。一人でも気づかれりゃあ、全部に逃げられることになるんだぜ」

伊佐治が反発するように言った。

そのとおりである。忠吾郎も仁左も、さらにお沙世もうなずいた。お沙世は染谷や玄八の身分は知っていても、あまり馴染《なじ》みがないのだ。

染谷は四人の表情を順に見て言った。

「おめえさん方、なにか企《たくら》みなすってるね。顔に書いてありまさあ。日本橋の茶店のときからそれを感じておりやしたぜ。お奉行には話しておりやせんが、俺もひと口乗せてもらいてえ。やつらを捕えるためなら、あっしはどんなことでもしやすぜ。奉行所の動きも、逐一《ちくいち》お知らせしまさあ。そのほうが、おめえさん方もやりやすいんじゃございませんかい」

いかに隠密廻り同心の探索とはいえ、染谷も伊佐治が言ったように、相手に勘《かん》づかれるのを心配しているのだ。

「よし、わかった」

忠吾郎はうなずくように言い、

「この秘策、初めて口にするのだが、みんなもよく聞いてくれ」

この場の一同を見まわした。

全員が固唾《かたず》を呑み、忠吾郎の達磨顔に視線を集中した。

「釣るのよ、やつらを。お仲かおヨシに引き寄せてもらう」

「えっ」

染谷も含め、一同は怪訝《けげん》な表情になった。お仲もおヨシも殺されているのだ。

だが、すぐに得心の表情に変わった。

野田屋では、もう役人の検死は終わっていよう。相州屋が大八車を出し、その死体を引き取る。そこに盗賊どもを引き寄せるというのだ。

染谷が加わったことで、策はきわめて進めやすくなった。一日でも間を置けない策である。

五人はしばし鳩首《きゅうしゅ》した。

お沙世の機嫌が悪くなった。出番がないのだ。

染谷は言った。

「あんたにはなあ、ここにいてもらわねばならねえ。それも大事《でえじ》な仕事だぜ」

「んもう」

お沙世は鼻を鳴らした。

泉岳寺の門前町の坂を街道に向かって下り、東海道と丁字路になった角に大振りな茶店がある。その裏手が界隈《かいわい》では〝赤穂《あこう》ノ湯〟と呼ばれている湯屋で、そこの亭主が岡《おか》っ引《ぴき》だった。しかも似顔絵から左利きの左平次を見つけ出した染谷の同輩、隠密廻り同心・速見雲四郎《はやみくもしろう》についている男だった。通り名を生業《なりわい》の湯屋にちなみ、湯舟《ゆぶね》の五六八《ごろはち》といった。そこはさいわい街道筋の範囲で、泉岳寺の門前町の域には入らなかった。

「これからちょっくら話をつけて来まさあ」

と、染谷は相州屋を出た。

策は、赤穂ノ湯のほうへ五人をおびき出そうというものだ。

忠吾郎はこの秘策を考えついたとき、相州屋の寄子宿を想定した。だがそれでは札ノ辻一帯が騒然となり、おクマやおトラは腰を抜かし、松太や杉太まで修羅《しゅら》場《ば》に巻き込んでしまうかもしれない。

　泉岳寺なら高輪の大木戸を抜ければ、あとは片側が袖ケ浦の海浜である。修羅場を演じても、そう騒ぎにはならないだろう。忠吾郎は策を話しながら、染谷の申し出に乗ったのだ。

　仁左と伊佐治は大八車の手配をし、近所で薪割《まきわ》りをしていた松太と杉太を呼び戻すなど、準備に入った。遺体を運ぶと話せば、二台しか借りられなかった。


　奉行所に取って返した染谷は、さっそく忠之に遺体を運ぶお墨付きをもらい、策を同輩の速見雲四郎に話した。

「おもしろい。定町廻りのお人らには悪いが」

　速見は言ったものだった。

　湯舟の五六八にも異存はなかった。

　だが、染谷が奉行の忠之にお墨付きをもらったのは、相州屋が元寄子の遺体を引き取る件だけだった。策まで詳しく話す時間がなかったのだ。

（そのほうがやりやすい）

染谷は内心思ったものである。

定町廻りの探索は進み、早くも野田屋が桜長屋と百年桜の地所をめぐり、作事《さくじ》奉行の戸端宗衛と諍《いさか》いがあり、桜長屋の住人が門前町の店頭《たながしら》・権之助一家から嫌がらせを受けていることを聞き込んだ。それをしきりに同心に訴《うった》えたのは、船頭の市助だった。

定町廻り同心たちの目は当然、そのほうに向けられた。隠密廻りが、似顔絵まで作成している事実を定町廻りに秘匿《ひとく》したのは、それが目的だった。下手に本丸へ探索を入れ、逃げられるのを防ぐためだった。

しかし定町廻りは、支配違いである戸端宗衛に、容易に踏込むことはできなかった。

報せを受けた奉行の忠之は、ただでさえ多忙のなか城中へ急ぎ、目付に戸端宗衛への事情聞き取りを申し入れる手順を踏まねばならない。その準備に、いっそうの多忙をきわめていた。そこへ染谷が帰って来たのだ。忠之にも、詳しく染谷の話を聞く余裕などなかった。

忠之は野田屋が襲《おそ》われた報せには愕然としたが、まだすべてを染谷と忠吾郎に任せている。あと一両日で手がすけば陣頭指揮に立ち、定町廻り同心に総動員を

かけ、大捕物を演じて大坂の奉行所が取り逃がした蓑虫一味を、一網打尽にする算段でいる。その時にそなえ、

（すでに一味数人の居場所を突きとめ、似顔絵まで作成したとは、染谷も忠次もよくやっておるわい）

と、認識している。


戸端家では、野田屋に盗賊が入り一家皆殺しに遭《あ》ったとの報が入るなり、騒然となった。夜明け前には中間部屋に戻っていた野鼠の吾平が、みずからも仰天《ぎょうてん》した風をよそおい、用人の鳴岡順史郎に言ったものだった。

「誰だか知りやせんが、うまい具合に野田屋に押込んでくれたものでさあ。へへ、旦那。これは好機にございますぜ。野田屋はいずれ関兵衛の親戚筋の者が、引き継ぐか売り払うかになるでやしょう。そのときまでに長屋をカラにし、買い叩くのでさあ。さっそく与太の権之助をけしかけておきます」

「ふむ。それはよい考えだ。殿にも話しておこう」

鳴岡は応えたものだった。だから権之助一家の若い衆は、茫然自失《ぼうぜんじしつ》している桜長屋の住人に、いっそうの嫌がらせを仕掛けていたのである。

すでに陽は西の空に大きくかたむいている。

速見雲四郎と湯舟の五六八は泉岳寺前へ急いだ。

二人とも、この件に札ノ辻の相州屋が係《かか》り合《あ》っていることはうすうす知っているが、あるじの忠吾郎が奉行の実弟であることまでは知らない。隠密同心だからこそ、身内のことはあまり詮索《せんさく》しないのだ。

「今宵《こよい》はおまえのところへ泊まりがけになるなあ」

「へえ、あしたは朝の一番風呂にゆっくり入《へえ》ってくださいやし」

などと話しながら歩を進めている。速見も脇差を帯びる必要から、遊び人姿である。

相州屋の前を通り過ぎた。

染谷は速見に、

「——やつらが乗ってくれれば、俺が追いかけて挟み討ちだ。泉岳寺前へ着くまでに、決着がつくかも知れぬ。それでもおぬしの手柄は大きい。なにしろお奉行の手の者が、加勢してくれることになっているからなあ」

と、話していた。隠密廻り同心は極秘の探索が主任務であり、賊の棲家《すみか》に打込んだり斬り結んだりすることはない。染谷は、奉行と相州屋忠吾郎こと実弟の忠次とのつなぎ役という、同輩にも話せない特異な役務についているのだ。岡っ引の玄八は、それをよく心得ている。


絵師を送っていった玄八が戻ってきて相州屋に駈けこんだ。

「染谷の旦那が野田屋へ入《へえ》りやした。すぐ動いてくだせえ」

「よし。仁左どん、伊佐治、頼んだぞ！」

忠吾郎は肚《はら》から声を絞《しぼ》り出した。

二台の大八車の軛《くびき》には仁左と伊佐治が入り、松太と杉太がそれぞれうしろについた。玄八も一緒である。

忠吾郎はそれを見送り、お沙世も往還に出て来た。

「なんだか恐いけど、うまく行くかしら」

お沙世がぽつりと言ったのへ、

「なあに。用意周到なやつらほど、不測の出来事《しゅったいじ》には見境《みさかい》がなくなるものだ」

忠吾郎は低く返した。もちろん〝用意周到なやつら〟とは、蓑虫一味のことである。

四

そろそろ夕刻を迎え、慌ただしくなりかけた街道に、二台の大八車は車輪の音を立てた。

金杉橋の橋板に大きな音を立て、野田屋に着いたころ、ちょうど日の入りだった。明かりを取るためか、雨戸はすべて開けられ、前を六尺棒の捕方が固めている。町役たちが気を利かせたか、中から線香の香がただよって来る。野次馬はもういなかったが、往来の者が立ち止まり、合掌してから通り過ぎていた。

遊び人姿の染谷が待っていた。

一行は裏手の勝手口にまわった。運び出すのは友造とお仲の遺体である。

「――伊吉とおヨシは、あしたにしよう」

相州屋で話し合ったのだ。

仁左は中に入らず、そのまま裏手から路地を奥に進んだ。これからが、秘策の正念場である。

向かった先は、桜長屋だった。

この時分、日の入りのせいか、役人が頻繁《ひんぱん》に出入りしていたためか、権之助一家の姿はなかった。

路地に五、六人の住人が出て、立ち話をしている。打ち沈んだ風情だ。そこに市助の姿もあった。きょうは船頭の仕事を休んだようだ。

住人らはあまりにもの衝撃に、悔《くや》みも盗賊を恨《うら》む言葉も出尽《でつ》くしていることだろう。その衝撃のなかに、権之助一家の嫌がらせまであった。

「これからどうなるんだろう」

「どなたが家主さんに」

「あたしら、まだここに住めるのかねえ」

仁左には、見ただけで聞こえてくる。

「あ、羅宇屋《らうや》さん」

立ち話の一人が、路地へ入って来た仁左に気づき、声をかけた。

「大変なことになりやしたねえ。あまりの非道《ひど》さに、言葉もありやせん」

と、立ち話の仲間に加わった。住人たちの顔は蒼ざめ、仁左も表情がこわばっている。肩を落とし、腰も低くしている。仁左のそれは、芝居《しばい》ではない。

だが、ここからは芝居である。

「こんなとき、訪《おとな》いを入れるのはどうかと思いやしたが、この話、おまえさん方の慰《なぐさ》めになるかどうか」

「どうしやした。なにかござんしたのか」

「へえ。おまえさま方にとっても、すこしは気が晴れようかと」

「なんだね」

職人風の住人が言う。

市助は無言で、次の言葉を待つように仁左を見つめている。

仁左は言った。

「皆殺しなどと聞きやしたが、一人、息を吹き返したのがいやして」

「なんだって!」

声を上げたのは市助だった。

(引っかかった)

仁左は内心、確信を持った。

つづけた。

「聞いていなさるか。番頭の友造さんと女中のお仲さんの祝言《しゅうげん》の話」

住人らはしきりにうなずきを入れる。

「あの二人、札ノ辻の人宿《ひとやど》、相州屋さんの口入れでやして。実はあっしもそうなんで」

「で、息を吹き返したってのは！」

また市助である。

仁左は語った。

「お仲さんのほうで。したが、まだ意識はありやせん。お仲さんの実家は、ほれ、知っていなさろう。泉岳寺前の街道筋に大きな茶店があって、その裏手に赤穂ノ湯って、泉岳寺らしい名の湯屋があるのを」

「そこですかい、お仲さんの実家は！」

「そうなんでさあ。ご遺族が遺体を引取りに行ったら、意識のないまま、息だけを吹き返している。医者の話じゃ、今夜が意識を取り戻すか、このまま心ノ臓がまた止まるかの山場とか。ご遺族は、いずれにせよ実家でと強い要望で。お役人も負けて、実家に医者を待機させるということにして」

「連れて帰りやしたかい！」

市助の表情はこわばっている。

仁左はなおもつづけた。

「相州屋さんの縁で、あっしも手伝いに来やして。友造さんの遺体は札ノ辻の相州屋さんへ、お仲さんは泉岳寺の実家へ。いまからでさあ。あ、いけねえ。もう出ているかもしれねえ。それじゃあっしはこれで」

きびすを返し、急ぐように長屋の路地を出た。

うしろに市助の慌ててついて来るのを感じた。

街道に出ると、二台の大八車が金杉橋をゆっくりと渡ったところだった。一台は筵《むしろ》をかぶせただけだが、もう一台は荷台に蒲団《ふとん》を敷き、上も蒲団で覆《おお》われている。これがお仲であろう。それら二台の轅には松太と杉太が、神妙な顔つきで入っている。

息を吹き返したなら、大事な生き証人となる。遺族の願いでも役人がそれを引取らせることなどあり得ない。しかも大八車で移動させるなど。冷静に考えれば、その不自然さに気づくはずだ。

だが市助は走った。忠吾郎の言うように、思いも寄らぬ事態に思慮《しりょ》を失ったのだろう。

大八車には染谷も玄八もついている。

「おおい、待ってくれ」

仁左は追った。大八車は荷台をいたわるように、ゆっくりと進んでいる。

市助もつづき、金杉橋の上で立ち止まった。

街道はひところの慌ただしさの時間帯を過ぎ、暗くなりかけている。

ゆるりゆるりと遠ざかる二台の大八車を、市助はしばし見つめ、くるりと向きを変え、走り出した。

大八車についていた染谷が、

「よし、玄八。行け」

「へいっ」

玄八は大八車の一行を離れ、市助に尾《つ》いた。

「――最初の行き先だけ確かめ、深追いはするな」

染谷に言われている。気づかれないためだ。のるかそるかの秘策を完遂《かんすい》するため、極度に用心深くなっている。

大八車の一行は粛々《しゅくしゅく》と進んだ。

伊佐治が前の大八車につき、仁左と染谷が一番うしろに歩を取っている。

一行には、松太と杉太も含め、車輪の音がことさら大きく聞こえた。

仁左がふり返った。怪しい気配はない。怪しいのは荷台のほうである。

染谷が言った。

「おめえさん、よほどうまく役者を演じたようだなあ」

「演じたんじゃねえ。真剣だったぜ」

仁左は返した。

「それにしても、遺体を運び出すのにこうも難なく進めるたあ、さすが大旦那に信頼されている隠密廻りだぜ」

「ふふふ。定町廻りの同輩たちにゃ、申しわけねえ気持ちでいっぱいだ。向こうさんは、上方の蓑虫一味の残党が江戸へながれて来ていることも、まだ知らねえんだぜ」

「だからやつら、俺たちに追跡され、似顔絵まで描かれていることも気づかず、いま俺たちの策に乗ってくれようとしているんじゃねえか」

二人の声は大八車の車輪の音よりも低い。

そろそろ街道も火灯《ひとも》しごろとなった時分、一行は札ノ辻に帰り着いた。待ち構えていたお沙世が飛び出し、おクマとおトラもつづいた。

「あぁ、友造さん」

「お仲ちゃんもっ」

遺体に取りすがるおクマとおトラに、

「さあ、ご対面はあとだ」

と、忠吾郎の差配で二体は母屋《おもや》の居間に運ばれた。

おクマとおトラは、友造たちの死を忠吾郎から聞かされたとき、へなへなとその場に座りこんでしまったものである。

お仲の遺体を泉岳寺前の赤穂ノ湯に運ぶ必要はない。市助にそう思わせ、野田屋を出るところを見せるだけでじゅうぶんなのだ。赤穂ノ湯には、亭主の五六八と速見雲四郎が陣取っているはずである。

相州屋の屋内は、線香の香に満ち、向かいの茶店から久蔵とおウメも老いた身で手伝いに来ていた。

やがて夫婦になるはずであった。北枕の友造とお仲のまわりに、忠吾郎、仁左と伊佐治、おクマとおトラ、染谷、松太と杉太、それにお沙世に久蔵、おウメが座している。

おクマがぽつりと言った。

「伊吉さんとおヨシちゃんは、あしただね」

「そのつもりだ」

忠吾郎が返した。

松太と杉太に、近いうちに野田屋へ目見得に連れて行く算段だったことは、まだ話していない。

玄八が帰って来た。

忠吾郎と染谷が腰を上げ、仁左と伊佐治、お沙世がつづいた。

店場の板敷きの間である。

すでに外は暗く、灯りが入っている。

「どうだった」

染谷の問いに玄八は、

「へい。やっこさんめ街道を小走りに、神明町のあの小奇麗な木賃宿へ慌てたように入《へえ》りやした。それからの左平次の動きも確かめたかったのでやすが、ともかく報せにと引き返《けえ》してめえりやした」

「ふむ。それでよい」

忠吾郎がうなずいた。

五

動きはじめた。

運を天に任せた、一か八かの策ではない。相手の心理に揺さぶりをかけた、勝算あっての戦いなのだ。

向かいの茶店はとっくに雨戸を閉めており、相州屋も雨戸が閉じられた。

忠吾郎は居間の一同に言った。

「これよりわしらは、野田屋さんの手伝いに行く。夜だから人手がいるのじゃ。あしたの朝には戻る。お沙世、今宵は爺《じい》ちゃん婆《ばあ》ちゃんについていてもらって、友造とお仲のそばにいてやってくれ」

「はい」

「あたしらもいますよう」

おクマが言い、おトラがうなずいた。

松太も杉太も長屋に戻るのが恐いのか、この場を動こうとしない。

出陣する面々は縁側から下りた。裏庭から出るのだ。忠吾郎は鉄製の長煙管を慍と帯に差している。他の者の武器は脇差であり、伊佐治は得意の手裏剣も忍ばせている。

　染谷は当然ながら、岡っ引の玄八も、普段は持たせてもらえない房なしの十手をふところに収めていた。

　お沙世が見送りのため、庭まで出た。

　忠吾郎はお沙世にそっと言った。

「ひと晩、これだけの人数を静かにまとめておくのは、容易ではないぞ」

「はい」

　お沙世はうなずき、染谷に、

「雨戸の潜《くぐ》り戸が開くようになっております」

「うむ」

　こんどは染谷がうなずいた。

　暗い路地から人通りの絶えた街道に出るとき染谷が、

「忠吾郎旦那、これを。お奉行からです」

　ふところから取り出したのは、朱房《しゅぶさ》の十手だった。

「馬鹿者。そんな物いらんぞ。わしにはこれが一番似合《にお》うておるのよ」

腰の長煙管を手で叩いた。

「なれど」

「くどい」

忠之から言われたのだろうが、染谷は引かざるを得なかった。

街道に出た。

息こそ白くならないが、もう寒さを感じる。

互いにうなずきを交わし、忠吾郎と仁左、伊佐治の三人は暗い街道を高輪の大木戸に向かい、染谷と玄八はなんと向かいの茶店に近づき、雨戸の潜り戸をそっと開け、中にはいった。お沙世が言ったのは、これだった。

おそらく蓑虫一味は五人そろって出て来るだろう。泉岳寺前の赤穂ノ湯を襲い、お仲の息の根を止めるためである。また一家皆殺しになろうか。

一味に思慮ある者がおれば、札ノ辻で人宿・相州屋がほんとうに友造の死体を引き取ったのかどうか、探りを入れるはずである。忠吾郎がお沙世に〝これだけの人数を……〟と言ったのは、そのことだった。一味は外からそっと屋内をうかがうであろう。

それを茶店の雨戸のすき間から染谷と玄八が確認し、イザというときには飛び出さねばならない。一味が線香のにおいに満足し、泉岳寺前に向かえば即座にあとを追う。夜の街道に灯りなしで歩を踏むのは、染谷と玄八なら盗賊に引けをとらないほど慣れている。

高輪の大木戸が主戦場となる。挟み討ちである。

追跡のあいだ、染谷たちと忠吾郎たちは、つなぎを取ることができない。

「――きっと来る。それを信じ、気長に待つのだ」

忠吾郎は言っていた。

暗いなかに相互のつなぎもなく、どのように挟み討ちにするのか。

「――なあに、わしらがまず襲いかかる。その気配が、おぬしらにも打ちかかれの合図と思え」

忠吾郎の言葉は、自信に満ちていた。

混戦になり、片側が海浜の街道に戦いの場が移れば、

「――速見が気づき、五六八と一緒に出張り、それこそ挟み討ちでござろう」

染谷は言ったものである。

忠吾郎と仁左、伊佐治の三人は、暗い街道を高輪の大木戸に向かっている。そこが最初の待伏せの場である。三人ともわらじの紐《ひも》をきつく結んでいる。

修羅場に忠吾郎が直接出張るのは珍しいことだ。それだけ野田屋に申しわけない気持ちと、蓑虫一味への怒りに燃えているのだ。

黙々と進むなかに、伊佐治が言った。

「へへ、親分。いえ、旦那。さっきは溜飲《りゅういん》が下がりやしたぜ」

「なんのことだ」

「十手でさあ」

「当たりめえじゃねえか。それが相州屋さ」

仁左が言った。

「ふふふ」

忠吾郎は笑い、いくらか緊張がほぐれた。

はたして蓑虫一味は動くか……不安なのだ。だが、それをおもてに見せたのでは策は進まない。絶対の自信を、自分自身に言い聞かせ、それを信じなければならない。

茶店の雨戸である。

二人で交互にすき間へ目を張りつけ、待った。薄い月明かりがなんともありがたい。闇夜に鴉《からす》ではなく、人影が動いておれば視界に収めることができる。

四ツか四ツ半（午後十時か十一時）ごろになっていようか。すき間に染谷が目をあてているときだった。その狭い視界に、黒い影の動くのが入った。

「来たぞ」

息だけの声を吐いた。

玄八も目をすき間にあてようとしたのを、染谷は手で制した。相手はいずれも名《な》うての盗賊である。微塵《みじん》も気配を覚《さと》られてはならない。玄八は動きを止め、息を殺した。

染谷は影の数を数えた。

五つだ。

灯りを持っていない。似顔絵は役に立たない。だが、予想はつく。

左利きの左平次、船頭の市助、きのう江戸入りしたばかりの二人……。この二人は似顔絵だけで名はまだ知れていないが、仲間内ではまむしの銀次《ぎんじ》にむささびの飛市《とびいち》と呼ばれている。蓑虫一味のなかでもとくに凶暴で、左平次たちはこの二人の江戸入りを待ち、その日のうちに凶行に及んだのだった。ねぐらは左平次の木賃宿に近い、うらぶれたほうの木賃宿に置いていた。一味の首魁《しゅかい》は、どうやら左平次のようだ。

それにもう一人は、戸端屋敷の中間部屋にいるはずの野鼠の吾平か。そうだとすれば、市助は神明町につなぎを取ったあと、愛宕山向こうの武家地まで走ったことになる。それから五人がそろって東海道を泉岳寺まで走る準備を整えたか。いくらか疑問は残る。

だが、ともかく五人の頭数がそろい、いま相州屋の前に立ち止まり、ひたいを寄せ合っている。事前に段取を決める余裕もなく、顔がそろいしだい飛び出て来たことがそこから読み取れる。

いずれも黒い股引《ももひき》に黒い袷《あわせ》を尻端折にし、黒い手拭《てぬぐい》で頬《ほお》かぶりをしている。袷を裏返せば、縦縞《たてじま》の地味な着物に変わることは、染谷も玄八も心得ている。

話はついたようだ。二つの影が裏手への路地に入り、三つの影が路地の角に身を潜めたようだ。

茶店の中では、それらの動きのすきに玄八も雨戸のすき間に取りついた。

路地奥に入った影は、今宵の道案内でもある市助と、身軽なむささびの飛市だった。

染谷と玄八はいつでも飛び出せるように、脇差を左手に握り締めていた。

市助と飛市は相州屋の裏庭に入った。縁側の雨戸が一枚開いており、そこから中の灯りを映している障子《しょうじ》が見える。二人は近づいた。

中では、おクマとおトラに久蔵とおウメは歳のせいか、掻巻《かいまき》をかぶって雑魚寝《ざこね》をしている。お沙世と松太、杉太は眠れなかった。お沙世が新たな線香に、行灯《あんどん》から火を取った。

ひかえめに動く人の気配を、庭の二人は感じ取った。さらに、線香の香が庭にまでただよっている。どう見ても、通夜《つや》である。

市助と飛市はうなずきを交わし、障子に映る灯りを見ながらあとずさった。

路地を出た。

また五つの影がそろい、ひたいを寄せ合った。

なにを話しているのか、染谷にも玄八にも予想はついた。

「確かに通夜をやっておりやすぜ」

「ならば市助が人宿《ここ》の野郎から聞いた、番頭の死体を相州屋とやらが引き取ったってのは、間違いないようだな」

間違いない。引き取っている。ただ盗賊どもが、そこにお仲の死体もあるのを確かめなかっただけのことである。屋内の湿った雰囲気と、線香の香だけで満足したようだ。もし覗《のぞ》かれても、お仲の遺体は衝立《ついたて》の奥になっている。そこに行灯はなく、暗くて見えないだろう。

五つの影が、相州屋の前を離れた。

雨戸の中では、染谷と玄八が、ふーっと大きな息をついた。

だが、これで安堵してはおられない。

「行くぞ」

「へいっ」

雨戸の潜り戸が開いた。

出て来た染谷と玄八は、五つの影を追った。というより、気配を追った。行く先はわかっている。

六

「へへん、ここでやすね」

と、往還に両脇からせり出した石垣の下に、三人は身を置いた。

高札場《こうさつば》の裏手、大木戸の内側である。昼間なら旅姿の者が行き交い、見送り人があちこちにひとかたまりになり、茶店からそれらを呼びこむ茶汲み女たちの声が飛び交い、隅《すみ》では客待ちの駕籠舁き人足がたむろしている広場が、いまは淡い月明かりに大きな空洞となっている。

石垣のあいだを抜ければ片側は袖ケ浦の海浜で、潮騒《しおざい》の音が聞こえて来る。三人が腰を据えているのは内側だから、潮風をもろに受けることはない。そこに腰を据えたのは、待つあいだの冷えこみを防ぐためだけではない。暗い空洞に動く気配をひと呼吸でも早く感じ取り、迎撃態勢を組むためでもある。

「ほんとうに、今夜、来やすかねえ」

「来る」

伊佐治が低い声で言ったのへ返したのは、仁左だった。

忠吾郎も言った。

「前方に、木の葉の動きも見逃すな」

自信に満ちた言いようだった。

「へえ」

伊佐治は低くうなずくとあとは黙し、ふところから手裏剣を取り出した。

待った。

影だ。

一つ、二つ、前方の闇のなかから滲み出て来た。四つ、五つ……急ぎ足だが走っていないのは、息切れを防ぐための方途である。蓑虫一味に間違いない。その背後に染谷と玄八がつづいていよう。五つの影に乱れがないのは、染谷たちが気づかれずにここまで追って来たことを物語っている。

「仁左どん」

「へいっ」

忠吾郎と仁左は石垣へ張りつくように、素早く大木戸の外に出た。伊佐治は身構え、その場に残った。手裏剣を手にしている。

五人の目には、広い空洞の先に石垣が黒いかたまりとなって口を開けているのが確認できても、そこに人が潜《ひそ》んでいるなど思いも寄らぬことである。それら黒い影はみるみる近づき、石垣のあいだにさしかかった。さすがに慣れた盗賊か、一列になっている。

伊佐治はかれらの背後に飛び出た。

最後尾の影がそれに気づいた。

「待て」

前の者に声をかけ立ち止まり、ふり向くのと同時だった。

（えいっ）

伊佐治が肚のなかにかけ声を上げ、右手を大上段から大きく振り下ろした。風を切る音は潮騒にかき消されている。

「うぐ」

最後尾の影がうめき声を上げた。

伊佐治は身構えたまま二打目の手裏剣を手にした。潮風はさして強くない。

「どうした」

前の影が立ち止まってふり返り、

「おっ」

ふところに手を入れて身構えた。仲間ではない影に気づいたのだ。

うめき声の影が、

「しゅ、手裏剣だ」

肩を手で押さえ、その場にうずくまった。

「なに！」

前の三つの影も動きを止め、海辺側の道端に飛び退くなり身をかがめた。号令の声はない。全員の息が一つになっている。

「おお」

と、その見事さに伊佐治は驚くよりも感嘆の声を洩《も》らした。その瞬間、振り上げた手の動きが止まった。

驚嘆したのは伊佐治だけではない。忠吾郎と仁左は大木戸の石垣から四間（およそ七米《メートル》）ばかり離れた海浜側に身をかがめている。賊どもの影は手に取るように見える。三つの影は、すでに石垣のあいだを抜け出ている。

（さすが！）

二人とも胸中にうめいた。だがこの瞬間、賊どもの注意は背後に向けられているはずである。

仁左は抜刀しながら無言で飛び出し、忠吾郎が鉄製の長煙管を手につづいた。賊どもがその動きに気づいたときには、仁左の脇差が先頭の影の眼前に迫っていた。影は、

「わあっ」

声を上げ、草のまばらな砂地に転がり、身をかがめ低い姿勢だったから瞬時に

地へ伏したかたちになった。仁左は瞬時、その者が先導の市助であることを覚った。市助の耳は刀の切っ先が空を斬ったのを感じ取った。仁左の最初の一撃は市助の身に届かなかった。

仁左はまだ飛び出したときの動きが止まらない。機転は速かった。次の標的に体当たりするかたちで脇差を下段から上段に斬り上げた。その影は状況がつかめず、明らかに戸惑った状態にある。確かな手ごたえに、

「ぐっ」

その者のうめきを聞いた。脇差の切っ先が胸から頸根《くびね》にかけ、深く斬り裂いていた。即死に近いだろう。

仁左の動きはようやく止まった。同時に脇差を正眼《せいがん》に構えた。

忠吾郎の長煙管は仁左が斬り損じた影にうなりを上げた。市助である。身を伏し首を上げたところへ、

――ガシッ

鈍い音だった。長煙管の雁首《がんくび》が脳天を強打し、身を反らせたところへ再度一撃を加えた。胸だった。

「ううっ」

影はうめき声を上げ、ふたたび地に伏したというより崩《くず》れ落ちた。吸い口を強く握っている忠吾郎の手は、肋骨《ろっこつ》の幾本か砕《くだ》いた感触を得た。

伊佐治のほうである。手裏剣を打ち込んだ影は動きを失っている。だが、致命傷ではない。ふり返り声をかけたもう一つの影が伊佐治に気づき、

「なにやつ！」

発するなりその身はふところから取り出した匕首《あいくち》を逆手に飛翔《ひしょう》した。至近距離だ。手裏剣を打つにはすでに間合いがない。脇差を抜く余裕もない。伊佐治は身をかがめ、刺し違える気か手裏剣を握った手を前面に送り出そうとした。

同時だった。背後に足音が聞こえ、

「蓑虫ども、逃がさんぞっ」

染谷の声だった。

「飛翔した影は〝蓑虫〟を名指しされたことへの驚きか、手にしている匕首を声のほうへ向けた。

伊佐治は命拾いをすると同時にこの機を逃さなかった。手裏剣を握った手を、

「野郎！」

影に突き出した。手応えがあった。

「うっ」

影はうめくと同時に、

「ぐえーっ」

悲鳴を上げた。走りこんで来た染谷が脇差の切っ先を影の脾腹《ひばら》に刺しこんだのだ。切っ先が背に出た。伊佐治は手裏剣を影の脇腹に残したまま一歩退《しりぞ》いている。染谷が脇差を引き抜くなり影は、

「ううっ」

その場に崩れ込んだ。

染谷に一歩遅れた玄八は、伊佐治の手裏剣を受けた影がふらついたのを伊佐治に向かったと見たか、走りこみざま上段から肩へ斬り下ろした。その身は玄八の脇差の動きを追うように斃《たお》れこんだ。

それらはまた、仁左が一人の頸根を斬り裂き、忠吾郎が長煙管で市助を打ち据えたのと、ひと呼吸の差もないほど同時だった。

「な、何者か！」

まん中の男が匕首を握り締め身構えたが、すでに仁左、忠吾郎と染谷、玄八、伊佐治から前後を挟まれている。伊佐治はまだ手裏剣を手にしている。片側は民

家が並び、近くに路地もない。もう一方は海浜がすぐ近くまで迫っている。匕首を逆手に身構え、

「おまえらは⁉」

まだなにが起こったのか、事態が呑みこめないようだ。

忠吾郎が返した。

「野田屋ゆかりの者と思え」

「なに⁉」

「こやつ」

仁左が気づいた。

「左利きの左平次だな」

「許せん！」

忠吾郎が長煙管で打ちかかった。

「いけねえ！」

身を忠吾郎に向けていた左平次に体当たりし、長煙管に空を切らせたのは染谷だった。

とっさに仁左は染谷の意を解した。身の均衡《きんこう》を崩した左平次に踏込み、

「だーっ」

「ぎえーっ」

仁左の声に、左平次は悲鳴を上げた。

匕首を握った手首が、地に落ちていた。

染谷は、一人は生け捕りにしたかった。

仁左はむろん、峰《みね》打ちで匕首のみを打ち落とす余裕はあった。だがそれでは、気が収まらなかったのである。

「うううううっ」

左平次は右手で左手首を押さえ、その場にうずくまった。

街道沿いの民家に火が灯り、住人たちが起き出した。石垣の内側にも火が灯った。

染谷が朱房の十手を取り出した。

「至急、誰か自身番に走れ!」

大木戸の内側は田町九丁目で、一方が海浜の外側は車町《くるまちょう》である。両方の町から人が出た。赤穂ノ湯にも染谷に言われ、町の者が走った。

死体は内側の高札場の広場に集められた。

市助は斬られていない。長煙管に打たれただけで、息はまだあった。出て来た住人たちの幾つもの提灯《ちょうちん》に照らされている。虫の息だ。

「市助。おめえ、ここで生き残っても、磔《はりつけ》刑獄門は免《まぬか》れねえぞ」

言ったのが羅宇屋であるのに気づいたようだ。

声をふり絞った。

「な、なぜ」

こと切れた。

仁左も染谷も気づいた。左平次は生け捕ったが、死体は四体である。野鼠の吾平がいない。

「まずい」

染谷は駈けつけた同輩の速見雲四郎と湯舟の五六八にこの場を任せ、玄八を引き連れ夜の街道を奉行所に取って返した。

「わしらも引き揚げるぞ」

車町や田町九丁目の住民に顔が知れわたらないまえに、忠吾郎と仁左、伊佐治も早々にその場を離れた。三人にとっても野鼠の吾平が、並べられた死体の中にいないのは、気になるところである。

あとで判ったことだが、仁左が頸根を斬り裂いたのはまむしの銀次で、伊佐治が最初に手裏剣を打ち玄八が斬り殺したのは、まだ相州屋も奉行所も存在を把握していなかった、仲間内で大工の虎蔵《とらぞう》と呼ばれている男だった。元大工で塀を乗り越えたり雨戸を音もなくこじ開けるのを得意技としたらしい。こやつ、お沙世の茶店に寄らなかったか、寄っても金杉橋を訊かなかったのかもしれない。

伊佐治が命拾いをし染谷が背に脇差の切っ先が出るほど刺し貫《つらぬ》いたのは、むささびの飛市だった。伊佐治とおなじ元軽業《かるわざ》師で、寸刻の猶予《ゆうよ》を与えていたなら、闇のなかに飛翔し、逃げられていたかもしれない。

七

夜が明けたとき、

「ご苦労さんだった。お通夜は無事に終わったようだな」

夜着のまま、忠吾郎は居間に顔を出した。

血の付着した衣装は着替えている。

友造とお仲の遺体のまわりに、雑魚寝でひと晩つき合った年寄り四人は、忠吾郎の声で目を覚ました。松太と杉太は部屋の隅でまだ寝入っている。お沙世は壁にもたれ仮眠をとっていた。衝立はもう取り払われている。

仁左と伊佐治は長屋の部屋に戻り、着物をあらため、ひと眠りしたあと手拭を肩に井戸端に出て、居間に声をかけた。

「おトラさん、おクマさん。水を汲んでおいたから」

「ああ、ありがとうよ」

おトラの声が返って来た。

雨戸は一枚だけでなく、すべてが開けられた。

久蔵とおウメは眠そうな目をこすりながら、向かいの茶店に帰った。昨夜、そこに隠密廻り同心とその岡っ引が潜んだなど知る由《よし》もない。若いお沙世は手伝いのため、相州屋に残った。

すでに明るくなっているが、まだ日の出まえである。

おもてに大八車の響きが聞こえた。金杉橋の方向からだ。一台や二台ではなさそうだ。忠吾郎と仁左、伊佐治は走り出た。先頭は陣笠の与力に定町廻り同心三人の陣容だ。そのうしろに大八車がつづいている。相州屋の前を通った。四台でいずれもカラだ。一台が、これもカラの唐丸駕籠《とうまるかご》を載せている。そのうしろに鉢巻にたすき掛けの捕方が二十人ほどもつながっていた。そのなかに、衣装をあらためた玄八がいた。やはり遊び人姿だ。軒端《のきば》の三人に走り寄って来た。

「へへ。お奉行の差配でさあ。四人の死体は奉行所へ運ぶに及ばず、そのまま鈴ケ森へ、獄門でさあ」

「唐丸駕籠は」

「左平次をあれに入れて小伝馬町《こでんまちょう》の牢屋敷へ」

仁左の問いに玄八は早口に応え、

「日の出を待ってお奉行が、お城のお目付さまに戸端屋敷の件でかけ合いなさるとか。野鼠がもう一匹、残っていやしょう。したが、お目付とは関係なく……」

言うと、幾人かつづいている野次馬に混じって大八車の一行を追った。

どうやら向後の始末は、定町廻りに移ったようだ。

「さあ、わしらもひと息ついたら、伊吉とおヨシを引取りに行こう」

忠吾郎がうながし、三人は屋内に戻った。

ちょうど日の出だった。

榊原忠之はさっそく旗本支配の目付に面談を申し入れているころか。だが、結果はわかっている。それが玄八の言った〝お目付とは関係なく〟であろう。おそらく策は、染谷が定町廻りに伝授したことであろう。

街道の一日も始まった。

お沙世も茶店に戻り、商《あきな》いの用意に入った。

さっそくだった。品川から来たと言う馬子が縁台に腰を下ろすなり、

「知ってるかい。きのうの夜よ。高輪の大木戸ですげえ捕物があってよ。地面にも石垣にも血がべったりよ。お役人がいっぺえ出張っていなさって」

興奮気味に話す。まだ蓑虫一味の名までは出まわっていないようだ。

午《ひる》ごろになれば、鈴ケ森の獄門首も伝わって来ようか。まだ朝のうちである。

「来た、来た」

と、お沙世が相州屋の玄関に飛びこんだ。唐丸駕籠が来たのだ。

長屋から仁左と伊佐治が飛び出した。恐いもの見たさか、おクマもおトラも、それに松太と杉太も出て来た。

忠吾郎は、

「野郎を見る機会は、もう一度あろうよ。そのときは見てやろう」

と、おもてには出て来なかった。さすがに疲れているようだ。

来た。朱房の十手を手にした同心を先頭に、駕籠舁き人足の担《かつ》いだ唐丸駕籠が六尺棒の捕方五人に護《まも》られるようにつづき、最後尾にまた定町廻り同心が十手を手につづいている。定町廻りが十手をこれ見よがしに往来に歩を踏むのは、このようなときだけである。普段はふところの奥にしまいこみ、そういつも見せるものではないのだ。

唐丸駕籠が相州屋の前を通った。竹で編んだ唐丸駕籠の罪人は、うしろ手に縛られているものだが、左平次は包帯が幾重にも巻かれた、手首のない左腕を首から吊っている。これでは自滅もできないだろう。染谷が確保した、大事な生き証人である。死なせるわけにはいかない。うつむいているので、表情はよく見えないが蒼白になり、傷口の痛みに耐えているのが看て取れる。

高輪の大木戸で不意に襲って来たのは誰なのか、左平次はまだ事態が呑みこめていないだろう。わかっているのは、手首を切断され唐丸駕籠に乗せられている現実のみであろう。数日後には磔刑になり、首が仲間のあとを追って鈴ケ森の獄門台に並べられることも覚悟していようか。高輪の大木戸で与力と定町廻りの同心たちは、痛さにうめいている左平次を横に、まむしの銀次たち四人の死体をこの場から鈴ケ森に運び、獄門に架けることを話していたのだ。

一行のうしろにいくらか離れ、玄八がつづいている。一行とは無関係の、ただの往来人に見える。これが隠密廻り同心の岡っ引である。定町廻りが高輪大木戸の現場に入っても、玄八がいなければ収拾がつかなかっただろう。小伝馬町での詮議《せんぎ》にも、染谷が定町廻りにつき添うことになろう。

通り過ぎた。

仁左と伊佐治は相州屋の居間に戻った。唐丸駕籠の左平次を見つめながら、二人はおなじことを考えていた。忠吾郎に声をそろえた。

「まだ一人」

「残っていやすぜ」

野鼠の吾平である。

忠吾郎は言った。

「なあに、奉行所に任せておけ。あの奉行が、うまくやるだろうよ」

「したが、やつは武家屋敷の中ですぜ」

「だからだ」

忠吾郎は応え、

「それよりも、すまねえがまた松太と杉太を連れて、野田屋に伊吉とおヨシを迎えに行ってくれ。野辺《のべ》送りはあしただ。いま番頭の正之助に、お寺の手配をさせている」

きょうも二台の大八車が相州屋を出たころ、唐丸駕籠の一行は金杉橋を渡り、六尺棒の捕方が固めている野田屋の前にさしかかっていた。一行はただ粛々と通り過ぎた。左平次はそのとき、うつむいたまま、チラと野田屋のほうを見たようだ。あぐらに組んだ膝が小刻《こきざ》みに震えていた。江戸へ入るときに見た、あの鈴ケ森の刑場が脳裡をかすめたのかもしれない。

その日のうちだった。忠吾郎が予測したように、忠之は動いていた。そのために染谷は唐丸駕籠の一行には玄八をつけ、自分は奉行についていたのだ。

予想どおりだった。城中で目付は忠之に言った。

「千二百石の大身《たいしん》で作事奉行の要職にある旗本に向かって、中間一人といえど町奉行所に差し出せなど、言えることではないぞ。用人を呼び出し詮議するなどもってのほかじゃ。確たる手証《てしょう》でもあるのなら、まずそれを評定所《ひょうじょうしょ》に提示せよ。それも、他に知られぬよう、そっとじゃぞ」

目付の言葉は、内濠《うちぼり》大手門の外に待機していた染谷にすぐさま伝えられた。

午前だった。北町奉行所の同心溜《だま》りで染谷は、数人の定町廻り同心と鳩首《きゅうしゅ》していた。その場で染谷は定町廻りたちに、

「この顔でござる、野鼠の吾平は。急がれよ」

と、お沙世が合力した似顔絵を提供した。

「ほう。鼠を連想しそうな面《つら》じゃわい」

と、定町廻りたちはそれをふところにしまいこみ、奉行所を出た。

愛宕山の裏手は東海道から離れており、しかも町場の動きと隔絶した武家地とあっては、昨夜の高輪の大木戸での大捕物のうわさはまだ入っていないだろう。だが、四人の生首が獄門台にならぶ前に仕上げなければならない。獄門首には、罪状を記《しる》した捨札《すてふだ》が掲げられる。そこに〝凶賊蓑虫一味〟の名が書かれるはずだ。

その話が戸端屋敷にもながれたなら、吾平は仰天し即座に逃亡するだろう。

奉行所を出た定町廻りたちはそれぞれの岡っ引を使嗾《しそう》し、戸端屋敷の周辺に散らばった。吾平が屋敷から出て来たなら、岡っ引が喧嘩《けんか》を吹っかけ、そこへ定町廻り同心が駈けつけ、岡っ引ごと捕える。中間は武士ではないから、町場の自身番に引き挙げることができる。

玄八は気が気でなかった。仁左と伊佐治、それにおクマとおトラを呼べば、吾平が屋敷にいるかどうかが調べられ、確実に網を張ることができる。

「旦那、相州屋にちょいと走りやしょうかい」

「ならぬ」

玄八が言ったのへ、染谷は毅然《きぜん》と返した。隠密廻りは探索の成果を定町廻りに示すと、あとは定町廻りの仕事となる。

奉行の忠之は染谷にそっと言ったものだった。

「残った一人のう、定町廻りに華《はな》を持たせてやってくれぬか」

これからのこともある。染谷は応えた。

「承知」

仁左たちは、もう伊吉とおヨシを引取り、札ノ辻に運んでいるころだろう。

(うまくやってくれ)

染谷は念じずにはいられなかった。

野鼠の吾平は戸端屋敷にいた。高輪のうわさはまだ伝わっていない。

吾平は屋敷内で、用人の鳴岡順史郎に言っていた。

「へへ、旦那。いよいよ正念場ですぜ。長屋の連中が動揺してるうちに、一気にカタをつけやしょう。これからちょいと、権之助一家の尻を叩いて来ますぜ」

「ふむ」

鳴岡は緊張気味にうなずいた。野田屋に盗賊が入り、それも一家皆殺しなど、まったくの想定外だったのだ。

吾平は中間姿のまま、戸端屋敷を出た。定町廻りの岡っ引たちが、すでに周辺を張っている。

吾平は武家地に歩を進めながらつぶやいた。

「そろそろ左平次の兄イとも相談し、市助に住人どもへ引っ越しをそそのかさせようかい。これまでのおこないから、町方がやつに疑いの目を向けるなどあり得ねえからなあ。そこは安心だ」

岡っ引の一人がその中間に目をつけ、ふところからそっと似顔絵を取り出し、

「よし」

うなずき、近くにいる同心に伝えた。他の同心にも、それは伝えられる。

岡っ引はあとを尾けた。仲間の岡っ引の数が増える。

それが蓑虫一味の最後の一人であることは、染谷から同心たちにも伝えられて

いる。失敗は許されない。目付や戸端家から横やりが入ってもならない。

武家地を抜け、街道近くの町場に入った。

あまり目つきのよくない岡っ引が、ふらふらと野鼠の吾平に近づいた。すでにまわりは同心たちが固めている。吾平に逃げ場はない。


朗報が奉行所に入ったのは、陽がいくらか西の空にかたむいた時分だった。

染谷は胸をなで下ろし、玄八がすぐさま札ノ辻に走った。

吾平は近くの自身番に引かれながら、

「――千二百石の旗本だぞ。戸端屋敷の用人を呼んでくれ！」

「――町方風情が俺を捕えて、あとで後悔するぞ！」

などと、しきりに叫んでいたらしい。

「そのたびに吾平め、定町廻りの旦那方に頭をポカリとやられていたそうで。えっ、いまですかい。自身番からすぐ小伝馬町の牢屋敷送りになり、染谷の旦那も詮議の助っ人に出向かれやした。いまごろやっこさん、牢内で左手首のねえ左平次とご対面で、仰天していやしょう」

玄八は語った。

「ふむ」

忠吾郎はうなずき、伊佐治は、

「俺たちの手で捕まえたかったがなあ」

いかにも残念そうに言ったものだった。

仁左は、

「それでいいのさ」

ぽつりと言った。

(この御仁《ごじん》、なぜそこまで達観《たっかん》できるのだ)

忠吾郎はその横顔に、ふっと思った。

八

五日ほどを経《へ》た。

お沙世の茶店は、蓑虫一味のうわさでもちきりだった。

「見たぜ、生首をよ」

興奮しながら言う荷運び人足がおれば、

「へん。大坂で逃げおおせても、お江戸じゃそうはいかねえ。こっちは公方《くぼう》さまのお膝元でえ。ざまあ見ろってんだ」

と、自慢する職人もいる。

札ノ辻界隈では、かつて寄子だった者の遺体を遭難現場から引取り、葬式まで出したことに相州屋の評判は上がっていた。

染谷がふらりと来た。相変わらずの遊び人姿だ。夕刻近くでちょうど仁左と伊佐治が商いから帰って来たときだった。染谷はそのころ合いを選んで来たようだ。忠吾郎もきのうあたりから、

「――そろそろ来てもいいころだが」

と、それを待っていた。

きょう北町奉行所のお白洲《しらす》で左平次と吾平の裁許《さいきょ》があり、お城の評定所でも戸端家への処分が下りたのだ。むろん、裁許したのは忠之である。

お沙世も忠吾郎に呼ばれ、相州屋の居間に同座した。

染谷結之助は言った。

「獄門、鈴ケ森で」

その裁許は〝当然のこと〟とわかっていたが、やはり染谷から聞けば、

「ほーっ」

一同は声を上げた。

それも、

「あした午過《ひるす》ぎ」

と、染谷の話はつづいた。罪人の護送は、小伝馬町の牢屋敷から日本橋を経て東海道を品川まで行く。浜松町の野田屋の前を過ぎ、札ノ辻では相州屋の前を通ることになる。

「あの二人め、すっかり観念しおって、牢問《ろうとい》にかけるまでもなく、素直にすべて吐きやしたぜ」

「ふむ。いかに」

忠吾郎は染谷を凝視した。この件で、まだ判らぬことが一つあった。市助が住人の側に立ち、権之助一家に抗っていた件だ。仁左も伊佐治もあぐらのまま、上体を前にかたむけた。

「やつらめ、旗本の戸端家に桜長屋の地所を買い取らせ、そのあと中間の吾平が屋敷内で、ありゃあ下屋敷などじゃなく、お満という女を囲《かこ》うためのものだとばらし、ふたたび奥方と悶着《もんちゃく》を起こさせ、そこへ左平次が出て戸端家から百年桜もろとも買い叩き、船宿の暖簾を出してやつらの棲家《すみか》にし、江戸で稼ぎまくろうって算段だったのでさあ」

「なるほど市助は船頭で、道一本向こうは門前町で、盗賊の棲家にはいい場所だ。だが、市助はなぜ……」

忠吾郎が問いを入れた。

「抗っているように見せかけ、本格的に住人を追い出すときには、市助から住人たちにあきらめるよう持ちかけさせるためでさあ。抗いの中心になっていた野郎がそう言えば、住人たちは大いに動揺しやしょう」

「ふむ。市助が一番の役者だったわけか」

仁左が言ったのへ、お沙世がひと膝まえにすり出た。

「それが、どうしてあんな惨《むご》いことを！」

「そこでさあ、やつらの考えそうなことは。戸端家が交渉してみると、関兵衛はなかなかの強情者《すじもの》で、地所を手放そうとしやせん。それなら手っ取り早く銭の調達ついでに野田屋そのものを消し、どさくさに紛れて手に入れよう、と。そこで呼び寄せたのが、一味でも最も残忍なまむしの銀次とむささびの飛市だったという寸法で。やつら、尾張《おわり》のどこかに潜んでいたそうで。あとはもともと江戸に入っていた大工の虎蔵って野郎がいやしたが、もうほかに残党はいないそうで」

「手っ取り早く土地を手に入れるために皆殺しなんて、そんなの、人じゃない！」

お沙世は絶句した。

「そのとおりで。これにはお奉行も定町廻りの同輩たちもあきれるというより、怒り心頭に発していやした。むろん、あっしもでさあ」

その口調も、怒りをあらわにしていた。

忠吾郎が静かに言った。

「野田屋さんの犠牲はあまりにも大きいが、わしらは、第二、第三の野田屋がでるのを防いだことになるなあ」

「へえ。お奉行もそのように」

と、染谷は忠之の言葉を伝えた。実際、すべてを定町廻りに任せていたなら、一人、二人は捕えても、他は逃げられていただろう。大坂の奉行所がそうだったのだ。忠之は、最後の一人を、定町廻りに委《ゆだ》ねたかたちになった。

「そうそう、戸端家のほうでやすが」

染谷はさらにつづけた。

忠之は詮議の内容を逐一、目付に伝えたらしい。そのなかには戸端家の用人が盗賊の関所破りに手を貸したことも含まれていた。重罪である。目付は動かざるを得ない。奉行所でお白洲があったきょう、竜之口《たつのくち》御門外の評定所でも戸端宗衛を呼び出し、鳴岡順史郎は切腹、戸端家は禄高《ろくだか》を千二百石から二百石に減じ、当然、宗衛は作事奉行の役職を免じられ、屋敷替えのうえ無役の小普請《こぶしん》組に落とすとの評定が下知《げじ》されたという。

「用人の切腹は、屋敷内で今夜だとか」

「へん。見てみてえぜ」

伊佐治が言った。

武家屋敷での切腹など町者は見物できないが、鈴ケ森の刑場は、街道から竹矢来《たけやらい》越しに見ることができる。

翌日午過《ひるす》ぎだった。小伝馬町の牢屋敷を出た一行は、日本橋を過ぎ、浜松町に入っていた。六尺棒を小脇に抱えた先払いの牢屋下男《しもおとこ》が四人、先頭を歩いている。罪状を記した捨札を掲げた人足がつづき、そこには野田屋の皆殺しを含む数々の罪科に〝凶賊蓑虫一味〟の名も記されていた。そのうしろに抜き身の槍《やり》を担いだ人足が二人、裸足でつづいている。

そのまたうしろに、髷節《まげぶし》を切ってざんばら髪になった左平次と吾平がそれぞれうしろ手に縛られ、裸馬に乗せられている。左平次も左手首がないまま縄が打たれている。安定が悪く、馬の歩に合わせ前後にまた右に左にと揺れている。馬の左右を牢屋下男たちが突棒《つくぼう》や刺股《さすまた》を持って固め、そのうしろに警護の定町廻り同心と牢屋同心が八人つづいている。隠密廻り同心はいない。最後尾を検死の与力二騎が轡《くつわ》取りに先導されるように、槍持と挟箱持《はさみばこもち》を従え固めている。

野田屋の皆殺しは町々に広く伝わっており、沿道から罵声《ばせい》が浴びせられるだけではない。石も投げられる。さすがにこれは同心が声を荒らげ、制禦《せいぎょ》しているが、すでに左平次のひたいに血がにじみ、吾平の目の上は腫《は》れている。

浜松町四丁目に近づくにつれ罵声は激しくなり、いくら制止しても石が飛んで来る。野田屋の前では薪雑棒《まきざっぽう》を投げつけた者もいた。桜長屋の住人だった。吾平の顔面に当たり、馬から落ちそうになった。牢屋下男が、

「おっとっと」

乱暴に突棒で押し戻した。

割れた鍋《なべ》を投げつけた女もいた。お仲と懇意だった近所の住人だった。左平次の肩に当たった。また牢屋下男が刺股で左平次の身を支えた。警備の同心たちは

制止しようとするが、咎《とが》めようとはしなかった。

金杉橋を渡ったとき、左平次も吾平も顔面にかなりの血をしたたらせていた。

罵声の飛び交うなか、一行は札ノ辻に入った。

忠吾郎と仁左、伊佐治は茶店の縁台に座っていた。横にお沙世がカラの盆を小脇に立っている。

左平次も吾平も、顔面は腫れ、血をしたたらせている。

お沙世は顔をそむけた。かわいそう……の声は出なかった。

通り過ぎた。

忠吾郎はつぶやいた。

「あのとき、殺さずにおいてよかったなあ」

一行のあとに、野次馬たちがつながっていた。磔《はりつけ》になった二人に、槍が刺しこまれるのを見に行くのだろう。

まだ縁台に座ったまま、伊佐治が言った。

「鈴ケ森、行くかい」

「それには及ばねえ」

仁左は返した。

深編笠の忠之と忠吾郎こと忠次が、二人だけで浜久の奥の部屋に膝を交えたのは、その翌日だった。忠之は言った。

「おまえ、儂《わし》の好意を断ったそうじゃのう。十手のことよ。ふふふ、おまえらしいわい。それに、伊佐治はかつてのおまえの手下だったというが、仁左はなんだい。ちと、できすぎる男じゃないかのう。染谷たちから聞いたが」

「わしもそう思う」

忠吾郎は返し、

「ふふふ、兄者《あにじゃ》よ。それよりも、公方《くぼう》さまの世は大丈夫かえ。箍《たが》が弛《ゆる》んでるんじゃねえのかい」

仁左と伊佐治が箱根で見た関所破りは、ほかにもまだまだあるかもしれないのだ。

忠之は言った。

「そこまで踏込むな、忠次。ともかくなあ、野田屋がどうなるかまだわからないが、桜長屋の住人は護ってやれ、と定町廻りに言っておいた。それにしても、あの門前町の与太どもも、幾人か挙げたかったがのう」

奉行所の者たちの、共通した思いであり、悔しさであろう。

裏仲の弥之市が代貸《だいがし》の辛三郎をともない、忠吾郎を訪ねたのはその日の夕刻だった。満足気な表情だった。

辛三郎が言った。

「片門前と中門前の店頭衆が寄合《よりあ》いやして、お奉行所のご裁断を踏まえ、権之助と代貸の庄七は、永《なが》の江戸所払《ところばら》い。中門前二丁目の縄張《しま》はしばらく、うちの弥之市親分が預からせてもらうことになりやした」

片門前一丁目の壱右衛門らは、野心のない裏仲の弥之市に任せておけば、他の同業たちが警戒せずにすむだろうと判断したようだ。紅花屋のお満は、

「どこへでも行けと、この界隈から追放で。ちょいともったいねえが」

忠吾郎は返した。

「お江戸の平穏を護るのは奉行所もさりながら、おめえさんたちも一翼《いちよく》を担っていることになるなあ」

弥之市も辛三郎もうなずいていた。

翌朝、井戸端でいつものように顔を洗いながら、おクマとおトラがせっついて

いた。

「汁粉屋《しるこや》さん、最近、見ないじゃないか。どうしたのさ」

「愛宕下の大名小路を一緒にまわるよう、言っておいておくれな」

「いいともさ」

「だがよ、いつになるかわからねえぜ」

仁左と伊佐治は返していた。

松太と杉太はすでに奉公先が決まり、もう寄子宿にはいなかった。

お沙世が相州屋に駈けこんだ。

「旦那ア、また行き倒れですうっ」

一〇〇字書評

切・り・取・り・線

購買動機（新聞、雑誌名を記入するか、あるいは○をつけてください）

□（　　　　　　　　　　　　　　）の広告を見て	
□（　　　　　　　　　　　　　　）の書評を見て	
□ 知人のすすめで	□ タイトルに惹かれて
□ カバーが良かったから	□ 内容が面白そうだから
□ 好きな作家だから	□ 好きな分野の本だから

・最近、最も感銘を受けた作品名をお書き下さい

・あなたのお好きな作家名をお書き下さい

・その他、ご要望がありましたらお書き下さい

住所	〒				
氏名		職業		年齢	
Eメール	※携帯には配信できません	新刊情報等のメール配信を 希望する・しない			

この本の感想を、編集部までお寄せいただけたらありがたく存じます。今後の企画の参考にさせていただきます。Eメールでも結構です。

いただいた「一〇〇字書評」は、新聞・雑誌等に紹介させていただくことがあります。その場合はお礼として特製図書カードを差し上げます。

前ページの原稿用紙に書評をお書きの上、切り取り、左記までお送り下さい。宛先の住所は不要です。

なお、ご記入いただいたお名前、ご住所等は、書評紹介の事前了解、謝礼のお届けのためだけに利用し、そのほかの目的のために利用することはありません。

〒一〇一‐八七〇一
祥伝社文庫編集長　坂口芳和
電話　〇三（三二六五）二〇八〇

祥伝社ホームページの「ブックレビュー」からも、書き込めます。

http://www.shodensha.co.jp/bookreview/

祥伝社文庫

闇《やみ》奉行《ぶぎよう》　凶《きよう》賊《ぞく》始《し》末《まつ》

平成29年1月20日　初版第1刷発行

著　者　喜安幸夫《きやすゆきお》
発行者　辻　浩明
発行所　祥伝社《しようでんしや》
東京都千代田区神田神保町3-3
〒101-8701
電話　03（3265）2081（販売部）
電話　03（3265）2080（編集部）
電話　03（3265）3622（業務部）
http://www.shodensha.co.jp/

印刷所　萩原印刷
製本所　ナショナル製本
カバーフォーマットデザイン　中原達治

Printed in Japan ©2017, Yukio Kiyasu　ISBN978-4-396-34281-4 C0193

祥伝社文庫の好評既刊

喜安幸夫
隠密家族　日坂《にっさか》決戦
東海道に迫る上杉家の忍び集団「伏嗅組」の攻勢。霧生院一林斎家族は、参勤交代の若君をどう守るのか？

喜安幸夫
隠密家族　御落胤《ごらくいん》
兄・吉宗の誘いを断り、鍼灸療治処を続ける道を選んだ霧生院の一人娘・佳奈《かな》。そんな中、吉宗の御落胤を名乗る男が……。

喜安幸夫
出帆《しゅっぱん》　忍び家族
戦国の世に憧れ、抜忍《ぬけにん》となった太郎《たろう》左《ざ》・次郎《じろう》左《ざ》。豊臣の再興を志す国松《くにまつ》と、幕府の目の届かぬ大宛《たいわん》(台湾)へ――!

喜安幸夫
闇奉行　影走り
情に厚い人宿の主《あるじ》・忠吾郎《ちゅうごろう》は奉行の弟!? 人宿に集う連中を率い、お上に代わって悪を断つ！　胸がすく時代活劇、開幕!!

喜安幸夫
闇奉行　娘攫《さら》い
江戸の町で、美しい娘ばかりが次々と消えた……。奉行所も手出しできない黒幕に「相州屋」の面々が立ち向かう！

長谷川　卓
百まなこ　高積《たかづみ》見廻り同心御用控
江戸一の悪を探せ。絶対ヤツが現われる……南北奉行所が威信をかけ捕縛を競う義賊の正体は？

祥伝社文庫の好評既刊

長谷川　卓　**犬目**　高積《たかづみ》見廻り同心御用控②

江戸を騒がす伝説の殺し人〝犬目〟を追う滝村与兵衛《たきむらよへえ》。持ち前の勘で炙り出した真実とは？　名手が描く人情時代。

長谷川　卓　**目目連**　高積《たかづみ》見廻り同心御用控③

殺し人に香具師《やし》の元締、謎の組織〝目目連〟が跋扈《ばっこ》するなか、凄腕同心・滝村与兵衛が連続殺しの闇を暴く！

長谷川　卓　**戻り舟同心**

体は動かねえ、口も悪い。だが、熱い気持ちは錆びついちゃいねえ！　六十八歳、元同心。腕利き爺の事件帖。

長谷川　卓　**戻り舟同心　夕凪《ゆうなぎ》**

「二十四年前に失踪した娘が夢枕に立った」——荒唐無稽《こうとうむけい》な老爺《ろうや》の話を愚直に信じ、伝次郎は探索を開始する。

辻堂　魁　**風の市兵衛**

さすらいの渡り用人、唐木市兵衛《からきいちべえ》。心中事件に隠されていた奸計《かんけい》とは？〝風の剣〟を振るう市兵衛に瞠目！

辻堂　魁　**雷神**　風の市兵衛②

豪商と名門大名の陰謀で、窮地に陥った内藤新宿の老舗。そこに現れたのは〝算盤侍〟の唐木市兵衛だった。

〈祥伝社文庫　今月の新刊〉

畑野智美
感情8号線
どうしていつも遠回りしてしまうんだろう。環状8号線沿いに住む、女性たちの物語。

西村京太郎
萩・津和野・山口殺人ライン
高杉晋作の幻想
出所した男のリストに記された6人の男女が次々と――。十津川警部VS.コロシの手帳!?

田口ランディ
坐禅《ざぜん》ガール
「恋愛」にざわつくあなた、坐ってみませんか？尽きせぬ煩悩に効く物語。

沢里裕二
淫爆《いんばく》　FIA課報員　藤倉克己
爆弾テロから東京を守れ。江戸っ子諜報員は、お熱いのがお好き！　淫らな国際スパイ小説。

鳥羽　亮
血煙東海道　はみだし御庭番無頼旅
剛剣の初老、憂いを含んだ若き色男、そして紅一点の変装名人。忍び三人、仇討ち道中！

喜安幸夫
闇奉行　凶賊始末
予見しながら防げなかった惨劇。非道な一味に、「相州屋」が反撃の狼煙を上げる！

長谷川卓
戻り舟同心　更待月《ふけまちづき》
皆殺し事件を解決できぬまま引退した伝次郎が、十一年の時を経て再び押し込み犯を追う！

犬飼六岐
騙《だま》し絵
ペリー荻野氏、大絶賛！　わけあり父子がたくましく生きる、まごころの時代小説。

佐伯泰英
完本　**密命**　巻之十九　意地　具足武者の怪
上覧剣術大試合を開催せよ。佐渡に渡った清之助は、吉宗の下命を未だ知る由もなく……。